BIBLIOTHÈQUE D'ÉDUCATION

Théâtre

DE

MARIONNETTES.

Ouvrage à l'usage de la Jeunesse.

PAR

Mme Laure Bernard.

DIDIER
LIBRAIRE-
ÉDITEUR

Bibliothèque

UNIVERSELLE

D'ÉDUCATION.

3

THÉATRE

DE

MARIONNETTES.

BIBLIOTHÈQUE UNIVERSELLE D'ÉDUCATION.

MORALE.-HISTOIRE.-VOYAGES.-HISTOIRE NATURELLE. - LITTÉRATURE.

COLLECTION DE BONS LIVRES POUR L'INSTRUCTION ET L'AMU-
SEMENT DE L'ENFANCE ET DE LA JEUNESSE.

Publiée sous les auspices de M. Guizot, Ministre de l'instruction publique.

Par Mesdames Guizot, A. Tastu, Ulliac-Trémadeure, Laure Bernard,
E. Voiart, Campan, A. de Savignat, Desbordes-Valmore,
M. Waldor, Edgeworth, etc.—MM. Fréville, de Mablès,
Wyss, Berquin, Schmith, Foë, etc.

*Cette Collection, imprimée sur papier fin satiné, sera ornée
de très jolies vignettes sur acier et de couvertures avec orne-
ments gravés sur bois.*

Les 30 volumes suivants sont en vente :

Mme GUIZOT.

L'Écolier, ou Raoul et Victor, ouvrage couronné par l'Académie , 4e
édit.; 2 forts vol. in-12, ornés de 12
grav. 1837.

Une Famille, ouvrage continué par
Mad. Tastu, 3e édit. (1re édit. avec
une suite de Mad. Tastu); 2 vol.
in-12, ornés de 8 grav. 1837.

Les Enfants, contes à l'usage de la jeunesse, 4e édit. ; 2 vol. in-12, avec
8 jolies grav. 1837.

Contes pour le second age ; 1 fort vol.
in-12, orné de 4 jolies grav. 1837.

Nouveaux Contes. 4e édit.; 2 forts vol.
in-12, ornés de 8 jolies grav. 1837.

Mmes TASTU ET VOIART.

Les Enfants de la vallée d'Andlau ,
ou Notions familières sur la religion.
la morale et les merveilles de la nature, par Mesdames Elise Voiart et
Tastu ; 2 vol. in-12, orn. de 8 jolies
gravures. 1837.

Robinson Crusoé de D. de Foë, trad.
par Mad. A. Tastu ; 2 vol. in-12 ,
ornés de 20 grav. 1837.

Robinson suisse, trad. de l'allemand de
Wyss par Mad. El Voiart; 2 fort v.
in-12, avec 8 jolies grav. et une carte.
1837.

Mme LAURE BERNARD.

Les Mythologies racontées a la jeunesse ; un vol in-12, avec vig. 1837.

Théatre de Marionnettes , un vol.
in-12, orné de jolies grav. 1837.

Contes aux Enfants , un vol. in-12 ,
orné de 4 jolies grav. 1836.

Mlle ULLIAC-TRÉMADEURE.

Émilie, ou la Jeune Fille auteur, ouvrage dédié aux jeunes personnes ; un
vol. in-12, avec 4 jolies grav. 1837.

Contes aux jeunes Naturalistes. Les
animaux domestiques, un fort v. in-12,
avec 4 grav. 1337.

Contes aux jeunes Artistes ; un vol.
in-12, avec 4 très jolies vign. 1836.

Contes aux jeunes Agronomes; un vol.
in-12, orné de 4 vignettes. 1836.

Mme WALDOR.

Heures de récréations (les); un vol.
in-12, orné de 4 jolies vign. 1836.

M. FRÉVILLE.

Beaux traits du jeune age, nouv. édit. ,
un fort vol. in-12, avec 4 jolies vignettes. 1836.

Vie des Enfants célèbres , nouv. édit.,
augmentée; 2 forts vol. in-12, avec
8 jolies gravures. 1836.

M. DE MARLÈS.

Alfred , ou le Jeune Voyageur en
France, un vol. in-12, avec jolies
vues. 1837.

Oscar, ou le Jeune Voyageur en Angleterre, en Écosse et en Irlande ;
un vol. in-12, avec 4 jolies vues. 1836.

Histoire de France abrégée , d'après
Grégoire de Tours , Froissard , Hé-
nault, Mézerai, Anquetil, Guizot, etc.
2 forts vol. in-12, ornés de grav. 1836.

Imprimerie de A. Henry , rue Git-le-Coeur, 8.

Moi, je te frapperai au nom de l'Éternel qui protége Israël.

THÉATRE

DE

MARIONNETTES,

OUVRAGE POUR LA JEUNESSE,

PAR

Mme LAURE BERNARD.

PARIS,

LIBRAIRIE D'ÉDUCATION DE DIDIER,

QUAI DES AUGUSTINS, 47.

1837.

A Monsieur Alfred

ET

A Mademoiselle Louisa

De Chatauvillard.

POURQUOI

J'AI FAIT

UN THÉATRE DE MARIONNETTES.

Un souvenir tout maternel m'y engageait. J'ai dirigé un de ces théâtres pendant tout un hiver, il y a près de douze ans, et mon auditoire était bien reconnaissant de mes soins. Ce n'est donc pas sans quelque expérience des difficultés matérielles de l'exécution des pièces que j'ai disposé les scènes de ce théâtre.

Une maladie de langueur s'était emparée de ma fille aînée, alors bien jeune; il fallait multiplier les distractions autour d'elle, pour l'arracher à ses livres qu'elle aimait avec ardeur et qui lui fatiguaient la tête. Les poupées n'étaient pas très en faveur. D'ailleurs, une certaine petite sœur, de trois ans et demi plus jeune, voulait toujours s'emparer de la grande poupée, aussitôt qu'il en paraissait une, et la malade la lui cédait avec une résignation qui lui laissait de longues tristesses. Il me vint un jour l'heureuse inspiration d'avoir un théâtre de marionnettes ; mais je le voulais d'une si belle dimension que je n'en pus pas trouver dans toute la ville du Havre, qui répondît à mes vues ambitieuses. Des amis vinrent à mon secours. On assembla des feuilles de carton, on peignit des intérieurs, des forêts, des parcs, des villages ; nous avions même une tour dont la porte s'ouvrait, et qui avait une fenêtre grillée en fil de fer. En peu de jours il n'y eut plus qu'à s'occuper du mobilier et du personnel du théâtre. Ma chère petite malade s'intéressait déjà vivement au résultat de tant d'apprêts. Nous ne sortions plus, son père et moi, sans revenir les mains pleines d'acteurs au fil d'archal, de boîtes de ménageries, bergeries, de petits meubles de bois, de canapés et de fauteuils dorés ; nous découvrions partout avec une sagacité merveilleuse, ce qui pouvait servir à orner le précieux théâtre. Un public de six ou sept amies de ma fille, attendait avec une vive impatience la première représentation. Je n'étais pas moins pressée de mon côté, d'entrer dans mes fonctions de directrice de marionnettes. Le premier jour

où tout fut prêt, j'établis mon théâtre sur une
table entre les rideaux de soie d'une alcove;
une rampe de petites bougies placées dans
des flambeaux d'étaim, excita tout d'abord la
joie et l'admiration des enfans. Placée dans un
fauteuil, entourée d'oreillers, vêtue d'une
longue robe de moleton blanc, ma chère enfant me souriait avec une reconnaissance qui
me pénétrait d'espoir. Je sentais que j'avais
trouvé un moyen inépuisable pour la distraire :
l'arracher à sa mélancolie, c'était la sauver ;
ces marionnettes me rendaient bien heureuse.

Ce que nous avons joué ce soir-là, je ne me
le rappelle pas bien, la splendeur qu'atteignit
dans la suite mon théâtre, a tellement obscur-
ci ses débuts, que je n'ai plus de souvenirs
bien distincts que pour les représentations les
plus saillantes de ces soirées. Il me souvient
seulement d'un incident très-fâcheux. Mes marionnettes étaient prises au sérieux, on s'était
fait à voir en elles des personnages, lorsque
la bonne de ma seconde fille s'avisa de ramener dans ma chambre la petite importune qu'il
était l'heure de coucher. A peine a-t-elle vu
briller mes princes et mes princesses, qu'elle

se débat pour quitter les bras de sa bonne,
arrive droit au théâtre, et, passant sur la scène
sa petite main, qui parut gigantesque aux as-
sistans, elle emporta princes et princesses, et
ne demandait plus qu'à se sauver avec eux. Le
public était outré; moi, je riais de la malice
d'une enfant qui avait à peine deux ans, et je
ne me sentais guère le courage de changer son
triomphe en larmes. Elle serrait étroitement
mes héros contre sa poitrine, et, favorisée par
sa bonne, elle voulait les emporter; je lui
montrai un polichinelle et un arlequin, gens
rejetés de notre personnel, et j'obtins mes
prisonniers par échange. L'enfant congédiée,
la paix se rétablit, l'illusion brisée se renoua
peu à peu, et la pièce s'acheva au conten-
tement général. Avant de se séparer, il fut
convenu que chaque soir on retrouverait chez
moi le même plaisir. J'ai tenu parole.

De nouvelles inventions, des surprises mul-
tipliées maintenaient à propos l'intérêt des représentations. On s'était si bien persuadé que
c'était là un véritable spectacle, des personnages de chair et d'os, que je pouvais réaliser
toutes les scènes imaginables. On pleurait à
fendre le cœur, lorsque les pièces étaient la-

mentables, les esprits s'ouvraient aussi facilement à la gaîté ; mais j'ai été une fois moi-
même effrayée de la profonde horreur que causa
le mystérieux cabinet de la Barbe-Bleue. Isaure
venait de succomber à sa curiosité, elle ouvre
la porte, j'enlève la décoration qui cachait ce
réduit : sept marionnettes, ayant au cou un
cordon blanc qui servait à les attacher avec
une épingle à la muraille, figuraient les sept
victimes du redoutable mari. A cette vue, on
jette des cris d'effroi, les spectatrices tombent les unes sur les autres en se bouchant les
yeux, il fallut interrompre la représentation
pour calmer les mortelles frayeurs d'un auditoire qui se refusait du reste à perdre son illusion théâtrale. Toutefois, je devins prudente
dans le choix de mes pièces.

On nous envoyait souvent de Paris des renforts pour la troupe. Cela ne suffisait pas à
nos inventions dramatiques ; les oripeaux ne
convenaient pas toujours à nos pièces, alors
j'habillais moi-même mes acteurs : des mor-
ceaux de velours, de soie, de laine, se façon-
naient en robes du matin, en costumes de
paysannes. Ces surprises étaient toujours ac-
cueillies avec une grande faveur, et à la fin
de la pièce on demandait ordinairement l'ac-

teur ou l'actrice pour se la passer de main en main.

Nous abordions tous les sujets, parce que nous savions les reproduire sous des formes propres à l'esprit de notre auditoire. Chaque pièce nouvelle jouée sur le théâtre de la ville était aussitôt copiée, ou, pour mieux dire, arrangée pour nos marionnettes; l'Opéra de la Neige a été imité d'une manière tout-à-fait supérieure. Un petit tilbury, autrefois jouet à ressort, perdit son cheval et son conducteur; privé de ses roues, il figura un traîneau, et la princesse s'en servit pour sauver son frère proscrit par Charlemagne. Elle traîna elle-même le char à travers une pluie de papier blanc qui couvrait déjà le parc royal.

Une autre fois, pour rendre la laideur de la fée Urgèle sensible, au milieu de la laideur commune à toutes les marionnettes, on appliqua un masque de linge sur la figure de l'actrice qui représentait cette fée. Ma fille en fut si vivement frappée qu'il fallut interrompre la pièce pour lui faire toucher la redoutable fée, bien grande en tout comme le doigt.

On donna le Chaperon Rouge au Havre. J'assistai à l'une des premières représentations. Durant tout le spectacle je n'eus qu'une seule pensée, celle d'en reproduire, avec le plus d'effet possible, les scènes féeriques sur mon théâtre. Dès le lendemain, j'habillai moi-même deux chaperons, deux ermites, un Alain et un prince, les autres préparatifs demandèrent plusieurs jours, et de nombreuses additions à nos décorations. On voyait bien que j'étais gravement préoccupée ; le mystère respecté par mon public promettait néanmoins quelque fête inattendue. Le matin de la représentation, j'envoyai le programme du spectacle chez les amies de ma fille, et je lui annonçai à elle-même qu'elle allait voir le Chaperon-Rouge, fidèlement imité sur celui du théâtre du Havre.

Le Songe, en effet, était une merveille ! Le Chaperon endormi était là sur le devant de la scène. Tout-à-coup, la décoration du fond se soulève et remonte, et à mesure qu'elle disparaît on découvre, à travers une gaze verte, une salle de palais resplendissante de fleurs, de vases d'argent ; des guirlandes faites avec les fleurs les plus délicates, lient entre elles des colonnes de marbre. Un autel d'albatre, débris d'un vase cassé, est surmonté de flambeaux. L'ermite est là, il marie l'un à l'autre le plus beau des princes et le petit

Chaperon-Rouge. Le jeune couple est agenouillé
sur des coussins de velours. Une cour brill-
lante est rangée derrière eux. Que c'est beau !
s'écrie mon auditoire. Quel palais magnifique !
Tout cela sera au Petit-Chaperon, dit ma fille,
comme elle va être riche !

Au dernier acte, lorsque le faux ermite
voulait faire dire au Chaperon un secret qu'elle
avait promis de garder, le coup de théâtre fut
également heureux, l'escabeau de bois, la table, la chaise, disparurent attirés par des fils
noirs qui dépassaient de mon côté, et le palais remplaça assez à propos l'intérieur de la
cellule.

Un changement de résidence interrompit ce
plaisir, qui a laissé des traces profondes dans
la mémoire de mes jeunes amies.

Moi, dont l'enfance n'a pas été choyée pour
ses plaisirs, je me rappelle combien nous nous
estimions heureuses, ma sœur aînée et moi,
pendant un séjour d'une année à Rennes, de
monter les soirs d'hiver, chez des demoiselles
qui avaient établi des ombres chinoises dans
un grenier, jonché de pommes et de marrons.
Un devant de cheminée, percé carrément au
milieu pour y coller un papier huilé, était tout
le théâtre ; des cartes découpées formaient les

arbres et les maisons; pour les personnages,
trop heureuses si nous avions des images à
deux sous la feuille pour les prendre là; à défaut de cette ressource, on coloriait des figures informes, produit du talent des plus habiles, et si je les critique de souvenir, je sais
bien qu'à ces soirées je ne les voyais que sous
l'aspect convenu d'avance.

Dans ce même tems-là, nous voyions aussi
quelquefois, sur la place publique de Rennes,
des théâtres-ambulans aux personnages de cire,
féeries émanées du ciel; pour moi, qui sortais
d'un couvent où j'étais entrée avant d'avoir
quatre ans, et qui n'en comptais pas plus de
huit alors, avec quels élans de tendresse je
considérais le jeune Sauveur exposé tout nu à
sa naissance sur la paille de la crèche. Que la
Vierge, assise en présence des mages entre un
bœuf et un âne, me semblait touchante; c'é-
tait le Nouveau Testament, le livre où j'appris à lire, réalisé pour moi. Et les douze
apôtres, hauts d'une coudée, et remplissant
exactement le théâtre, qu'ils étaient impo-
sans dans leurs simples tuniques! tandis que
le Christ, la tête environnée d'une auréole,
vêtu d'une robe blanche recouverte d'un man-

teau bleu de ciel, aux étoiles d'or, les ins-
truisait.

Que de fois, par la suite, lorsque j'étais en
pension à Paris, je rêvais à mes ombres chinoises, et à ces figures de cire; j'y pensais d'autant plus que je n'osais pas en parler; les souvenirs de famille de mes compagnes, n'ayant
aucun rapport avec les modestes aventures de
la vie que la Providence m'avait faite.

Depuis que j'écris pour les enfans, j'ai toujours eu un vif désir de faire paraître un théâtre de marionnettes; mais les censeurs des livres adressés à la jeunesse crient déjà si haut
contre les contes, que c'est une grande témé-
rité à moi de m'exposer à faire tomber entre
leurs mains un livre du genre de celui-ci.

J'en demande pardon à leur grave expérience;
mais il me semble qu'il est du devoir de l'en-
seignement de développer toutes les facultés
inhérentes à l'organisation humaine; en abandonner une partie, ce n'est pas la détruire,
mais bien la livrer à son propre essor. Si la
Providence a voulu que la fiction charmât l'enfance, si elle l'a douée d'une imagination mo-
bile et crédule, c'est pour ouvrir une large
voie à l'instruction morale et religieuse. Cul-

tiver les sensations du cœur, les diriger par
des exemples vers la piété, le respect filial, le
désintéressement, la charité fraternelle, faire
valoir le bien à ses yeux, lui inspirer l'horreur du mal, tout cela entre dans la fiction;
mille développemens d'intelligence en ressor-
tent, ne peuvent même arriver que par là; ce
point de vue me semble rehausser le genre que
l'on veut proscrire; aussi, tant que les livres
amusans auront des lecteurs, j'espère qu'il se
trouvera de bons esprits assez amis de l'enfance
pour se consacrer à en écrire.

Ce qui est important, à mon sens, c'est de
ne pas méconnaître la portée des jeunes intel-
ligences, de se confier assez en leur perspica-
cité quand on les intéresse par le cœur, pour
ne pas fausser les idées que l'on veut mettre à
leur portée. On doit, au contraire, chercher
à faire progresser l'esprit tout en l'amusant.

N'ayant rien écrit que dans ce but, j'espérais bien que des pièces de marionnettes, af-
franchies de la trivialité habituelle à ce genre,
serait un ouvrage accueilli avec quelque confiance par les lecteurs de mes autres livres. Et,
cependant, j'hésitais à le publier, lorsqu'un
livre de Goëthe m'est tombé entre les mains.
Puisque Goëthe, lui aussi, a pris plaisir à des

jeux de marionnettes; puisque dans la matu-
rité de sa vie, il parle, avec une rare vivacité,
de souvenirs qui s'y rattachent, je ne crains
plus d'offrir à la génération moderne un dé-
lassement qui a charmé l'enfance d'un grand
poète.

On m'a souvent demandé d'écrire un théâtre pour les jeunes personnes, j'ai refusé toutes les propositions qui m'ont été faites à ce
sujet, parce qu'il n'est pas dans mes principes
d'éducation de faire jouer la comédie à des
enfans. Mettre en scène des jeunes filles, c'est
s'exposer à développer étrangement leur assu-
rance et leur vanité, c'est faire naître en elles
des sentimens de rivalité qui, à coup sûr, ne
tournent pas au profit de leur raison. Et puis
encore, que leur faire représenter qui soit à la
fois en rapport avec leur âge, convenable et
attachant ?

Le théâtre des marionnettes n'a aucun de
ces inconvéniens, et il est, au contraire, une
mine inépuisable : histoire, féerie, comédie,
mélodrame, tragédie même, tout peut y être
joué et mis à la portée d'un jeune auditoire.
Depuis huit jusqu'à quatorze ans, on ne croit
pas déroger en ayant un théâtre parmi ses
jouets, et si l'on en a fait peu de cas, c'est

souvent faute de savoir lui donner une direction intelligente; je serai heureuse de venir
en aide à cette détresse; mais si j'apprenais
que mes marionnettes ont pu encore une fois
réveiller la langueur d'une jeune malade, bien
chère à sa mère, je serais trop payée de mes
soins.

DAVID

ET

GOLIATH.

PIÈCE BIBLIQUE.

NOMS DES PERSONNAGES.

SAÜL, Roi d'Israël.

JONATHAN,
JISCUI, } Fils du Roi.
MALKISCUAH,

ABNER, général des armées de Saül.

SAMUËL, Grand Pontife, démis de sa charge.

ISAÏ, Ancien de Bethléem.

DAVID, son plus jeune fils,
ELIAB, } Les sept enfans
ABINADAB, d'Isaï.
Quatre autres, personnages muets.

GOLIATH (le géant), Philistin.

AHINOHAM (la reine), femme de Saül.

MÉRAB, } Filles de la Reine.
MICAL,

Les Anciens de Bethléem.

Des Officiers de Saül.

Un Médecin.

Un homme d'armes à la suite de Jonathan.

Un Héraut d'armes.

Un Courrier.

Des Soldats.

Chœur de jeunes filles Israélites.

Danseurs et Danseuses.

La veille du jour de l'an [1].

LE 31 décembre, de jeunes enfans, con-
gédiés depuis quelques heures du salon de
leur mère, se pressaient en frémissant de
joie contre les deux battans d'une porte qui
tardait à s'ouvrir au gré de leur impatience.
Là, dans l'ombre, parlant à voix basse, ils
laissaient échapper des phrases brèves, tra-
hissant une vive agitation intérieure. Puis,
on se taisait long-tems, afin de ne pas perdre
le son du premier appel maternel. Cependant, madame Goëthe ne se hâtait pas d'a-
bréger cette souffrance ; sachant même que
le souvenir en serait compté comme un
plaisir de plus, elle trouvait toujours quelque nouvelle disposition à faire pour pro-

[1] Épisode de l'enfance de Goëthe.

longer l'attente de sa jeune famille. C'étaient
des lumières à ajouter à celles qui environnaient déjà la table, afin de faire mieux res-
plendir les boîtes dorées, les robes de gaze
et de dentelles argentées qui habillaient des
poupées. Il fallait encore relever avec art
l'étalage plus modeste des livres, des gravures et autres étrennes destinées aux jeunes garçons. Aux mouvemens redoublés
que le groupe impatient imprimait aux battans de la porte, madame Goëthe comprit
que le moment était arrivé de remplir un espoir assez long-tems excité ; elle ouvrit sans
bruit les ferrures qui faisaient résistance, et
au premier contact les enfans se trouvèrent
tout-à-coup introduits dans le salon.

Des acclamations joyeuses se firent entendre, et cependant la petite troupe, éblouie
par les lumières et l'éclat des jouets qui cou-
vraient une grande table, n'avait point encore pu apprécier quelle part serait faite à
chacun, ni de quelle nature étaient les présens maternels. Madame Goëthe semblait
néanmoins avoir pressenti ce que tous souhaitaient. Ses filles et ses fils s'émerveil-

laient, en recevant leurs présens, d'avoir été
si bien devinés dans ce qu'ils désiraient inté-
rieurement. Un seul, parmi ces enfans,
soutenait, avec indifférence, le poids des
étrennes qu'il venait de recevoir, et donnait
uniquement son attention à un grand rideau
rouge, qui remplaçait une porte ôtée depuis
quelques instans sans doute, car le matin
elle était encore là.

Le père de Wilhelm étudiait cette préoccupation. Eh bien, dit-il à son fils, qu'est-ce
donc qui vous intéresse tant de ce côté ?

— Ce qui est derrière, répondit le petit
garçon, et la curiosité la plus marquée se
peignait sur son visage.

À ces mots, les frères et sœurs de Wilhelm
partagèrent sa curiosité.

— Il faut vous placer sur la banquette que
j'ai mise en face, dit la mère, et nous verrons si ce rideau mérite en effet l'anxiété
qu'il vous cause.

— Oh ! tout de suite, tout de suite, reprit
Wilhelm, et, le premier, il s'assit à la place
désignée, plein du désir d'éclairer ses doutes. Que pouvait-on avoir disposé dans la

chambre habituellement déserte, et que si-
gnifiait le vaste portail élevé comme par
enchantement et mystérieusement fermé
par un rideau? Le premier moment de surprise passé, et l'attente se prolongeant,
les enfans eurent l'idée de se lever pour aller
regarder de près ce que cachait le voile
importun. On pria la petite famille de rester
à sa place. La curiosité générale ne devait
être satisfaite que lorsque le silence serait
parfaitement établi. Cette promesse calma
subitement l'agitation extérieure des enfans;
ils s'assirent, muets et immobiles, puisque
c'était le seul moyen d'arriver au terme de
leur impatience. Un coup de sifflet donne le
signal. Le rideau se lève et se replie sur
lui-même. Un théâtre de marionnettes était
offert aux enfans, et la décoration laissait
voir en perspective le temple de Jérusalem.
Avant que les spectateurs eussent eu le tems
de demander s'ils allaient assister à une représentation ou s'emparer de ce magnifique
théâtre, le grand-prêtre Samuël et Jonathan parurent sur la scène et tinrent le
dialogue suivant:

ACTE PREMIER.

SCÈNE PREMIÈRE.

JONATHAN, SAMUEL.

JONATHAN.

Souverain pontife Samuël, le roi, mon père, m'envoie vers vous pour savoir quelle est la volonté de l'Éternel, et pourquoi il a retiré sa faveur de dessus son peuple.

SAMUEL.

Allez, Jonathan, retournez vers Saül, auquel vous donnez à tort le nom de Roi. L'Eternel l'avait élu, pour lui obéir et gouverner son peuple avec sagesse, Saül a méconnu les ordres du Seigneur, et le Seigneur l'a rejeté.

JONATHAN.

Nous offrirons par vos mains des sacrifices pour apaiser la colère céleste.

SAMUEL.

Obéir, vaut mieux que sacrifier. Les holocaustes ne rachètent pas les vices auxquels on n'a pas renoncé. J'ai long-tems pleuré et prié pour que Saül eût le cœur touché en faveur du peuple, et qu'il rentrât en grâce devant le Seigneur. Le tems de la clémence est passé; je n'ai plus à transmettre que l'annonce de la vengeance divine.

(Le Grand-Prêtre rentre dans le temple.)

JONATHAN seul.

Comment aller porter ces tristes paroles à mon père? Déjà le malin esprit s'est emparé de lui. Il souffre de grandes douleurs dans son corps, et semble parfois ne plus être en possession de sa raison.

(Jonathan s'en va.)

SCÈNE DEUXIÈME.

Un changement de décoration à vue représente le village de Bethléem. Plusieurs habitans, d'un aspect vénérable, parcourent la place publique et se parlent d'un air effrayé.

HABITANS, SAMUEL, ISAI, ELIAB., ABINADAB, DAVID.

UN ANCIEN.

Avez-vous entendu annoncer la grande nouvelle ?

UN AUTRE VIEILLARD.

Sans doute, le pontife arrive à Bethléem ; mais nul ne sait s'il vient pour notre bien ou pour notre malheur.

UN ANCIEN.

Où est le tems où Samuël, plein de force et de sagesse, gouvernait à lui seul le peuple d'Israël ; depuis que nous avons un Roi, tous les malheurs fondent sur nous.

SECOND VIEILLARD.

Samuël nous l'avait prédit en cédant à
nos vœux. La royauté devait nous perdre.

UN ANCIEN.

Les jeunes gens méprisent l'expérience
des vieillards. Ils souhaitaient un chef pour
les conduire à la guerre , comme en ont les
autres peuples. Tous les avertissemens du
pontife ont été inutiles pour changer leur
volonté.

SECOND VIEILLARD.

Il faut avouer que les fils de Samuël
avaient soulevé de grands mécontentemens
par leurs injustices.

UN ANCIEN.

Saül vaut-il mieux que Joël ou Abéja?

SECOND VIEILLARD.

Hélas non ! Mais combien est grande la
détresse d'Israël !

(Une foule de juifs arrivent sur le théâtre.)

PLUSIEURS VOIX.

Voici le pontife! que le Seigneur nous bénisse par son organe !

SAMUEL.

Peuple de Bethléem , bannissez toute
crainte , la mission dont je suis chargé
tournera à votre gloire.—C'est parmi vous
que je dois choisir un nouveau roi.— Nous
allons prier en commun et faire un sacrifice,
car vos offrandes seront agréables à Dieu, et
avant que le soleil se couche, je saurai quel
est celui que le Seigneur a nommé pour occuper la place dont Saül s'est rendu indigne.
(*Samuël s'adressant à un des anciens.*)
Soyez attentif à rassembler tous les hommes
de la tribu, car le sort peut tomber sur le
plus faible aussi bien que sur le plus puissant , si telle en est la volonté divine.

(Le pontife s'en va pour accomplir le sacrifice ; le
peuple le suit dans un respectueux silence.)

Entr'acte de quelques instants,

(Isaï , un des principaux habitans de Bethléem , repa-
raît sur la scène entouré de six de ses fils.)

ISAÏ.

Mes fils, Samuël a déclaré que la royauté
appartiendrait à l'un de vous ; je vous ai
donc appelés pour vous présenter au Pon-

tife et le prier de désigner celui qui est destiné au dangereux honneur de remplacer Saül.

ÉLIAB.

Je ne vois point mon jeune frère David.

ISAÏ.

Eliab, sa présence est inutile pour ce qui va se passer. David est le plus faible d'entre vous et le dernier né. Il ne saurait être compté pour quelque chose. Je l'ai donc envoyé, comme à l'ordinaire, paître les brebis. Qu'en pensez-vous Abinadab?

ABINADAB.

David est habile à jouer de la harpe, il a la parole douce, mais son âge l'a jusqu'ici exempté de faire ses preuves de courage et de force : mon père a bien raison de ne pas l'appeler aujourd'hui.

SAMUEL. (Il revient sur la place publique et s'assied sur un banc de pierre.)

Maintenant, dit-il, que le Seigneur a daigné mettre son esprit en moi, je vais reconnaître celui que je dois sacrer roi. Isaï et ses fils sont ils ici?

ISAÏ.

Nous nous sommes rendus à votre commandement.

(Ils s'avancent et passent l'un après l'autre
devant Samuël.)

SAMUEL.

La parole du Seigneur ne trompe pas,
et cependant aucun de ceux-ci n'est désigné
pour la royauté. Isaï, est-ce là toute votre
famille ?

ISAÏ.

J'ai encore un fils ; mais il est bien jeune :
sa taille est petite ; néanmoins, si vous
souhaitez de le voir, je puis le faire venir,
car il est près d'ici à garder nos troupeaux.

(On entend les sons d'une harpe ; tout le monde
écoute dans un respectueux silence.)

SAMUEL. (d'un ton inspiré.)

Celui que le Seigneur a choisi arrive en
ce lieu, il n'est pas besoin de l'aller chercher, il se rend de son propre mouvement
à la volonté de l'Eternel.

(David entre en tenant sa harpe. A la vue du peuple
assemblé il reste frappé d'étonnement ; puis, reconnaissant le Pontife, il s'approche vers lui et se prosterne à ses pieds.)

SAMUEL. (Il impose les mains sur la tête du berger.)

Peuple d'Israël, voilà votre roi, le Seigneur a retiré son esprit de Saül : David a hérité de la parole divine.

DAVID.

Quel changement s'opère subitement en moi ! Tout à l'heure j'étais faible et paisible, et me voilà rempli d'une force surnaturelle pour combattre les ennemis du peuple de Dieu, et soutenir la gloire des enfans d'Israël.

≫●≪

Ici le rideau redescendit peu à peu sur la scène, et les enfans purent faire éclater leur joie et questionner à loisir sur ce théâtre si beau, si complet dans ses décorations et sa troupe ; quelle main dirigeait les marionnettes ? quelle voix, changeant à chaque instant ses modulations, parlait si à propos à leur place ? Toute la famille était rassemblée, il fallait donc qu'un étranger se fût chargé de ce soin. — Wilhelm, le plus curieux d'entre les jeunes Goëthe, profitant de l'obscurité qu'on avait faite dans la salle, afin que la pompe du théâtre

resplendît sans rivalité, se glissa tout doucement de sa place contre le rideau et appliqua un œil indiscret contre un trou pra-
tiqué dans la toile, mais en cachant la lu-
mière par ce mouvement, il dénonça son
action, et M. Goëthe rappela vivement à sa
place l'impatient Wilhelm.

— Ne peux-tu pas attendre qu'on soit
prêt? lui dit-il.

— J'avais peur qu'on ne nous donnât pas
la fin de l'histoire, répondit Wilhelm.

— Qu'as-tu vu? demandèrent à l'enfant
ses frères et sœurs.

—Le palais du roi. Saül est sur son trône,
entouré d'officiers et de gárdes. La salle est
en marbre et de riches tapisseries la déco-
rent. La reine et les princesses, ainsi que
les autres personnages, ont des costumes
éblouissans.

M. Goëthe, qui avait écouté cette description, ne put retenir un éclat de rire.
— Et toutes ces magnificences, dit-il, tiennent entre les deux portes.

— Oh! papa! s'écria Wilhelm, pourquoi
nous rappeler que ce sont des marionnettes?

ACTE DEUXIÈME.

SCÈNE PREMIÈRE.

Intérieur du palais de Saül.

LA REINE , SAUL, MÉRAB, MICAL , un
Médecin, un Courrier.

(Le Roi paraît absorbé dans une profonde tristesse. Il
est sur son trône ; la Reine s'approche de lui.)

LA REINE.

Quel nouveau malheur est donc venu obscurcir la sérénité du maître d'Israël?

SAUL.

Mon fils Jonathan n'a pu fléchir Samuël,
et le mal qui m'accable a redoublé d'inten-
sité.

LA REINE.

Il ne convient pas à un roi de se laisser

abattre par la parole d'un vieillard. Cherchez à vous distraire ; de braves guerriers
sont en campagne pour vous défendre vous
et votre famille.

SAUL.

Reine Ahinoham, vous parlez comme
une femme ; mais, moi, je ne saurais me
consoler d'avoir perdu la force de guider
mes soldats. Abner, mon oncle, le chef de
mes armées, a déjà essuyé plusieurs dé-
faites, et tous les jours d'insolens messages
annoncent l'approche des Philistins vers
nous.

(Un courrier, arrivant de l'armée, est introduit.)

LA REINE. (Elle lui parle à demi-voix.)

Au nom du Ciel, si tu as quelque nouveau malheur à nous apprendre, envoyé
d'Abner, ménage bien tes paroles devant le
roi, car sa vie est en danger en ce moment.

LE COURRIER.

Il me siérait mal de mettre de la prudence
à l'instant où l'armée ennemie s'avance sur
mes pas.

1*

SAUL.

Quel motif vous porte, Ahinoham, à retenir cet homme à l'écart? J'entends qu'il s'exprime librement devant moi, et s'il ment d'un seul mot à ce qu'on lui a chargé de m'annoncer, je le fais pendre au sortir de l'audience.

LE COURRIER.

Le général Abner m'envoie dire au roi que les ennemis sont campés à Secco, où ils ont recruté de nouvelles forces, et qu'il est à propos que vous leviez des troupes fraîches afin de tenir tête aux Philistins.

SAUL.

Abner sait bien que toutes les ressources sont épuisées ; et s'il parle ainsi, c'est pour augmenter le découragement de l'armée. Rapportez-lui que, plein de colère contre lui, je vais aller moi-même prendre le commandement des Israélites.

LA REINE.

Mes filles, nous suivrons votre père.

(Les princesses Mérab et Mical font un signe de consentement.)

(L'envoyé se retire.)

SAUL à la Reine.

Princesse, faites retirer au plus tôt toute la cour, car je sens que le malin esprit va revenir en moi.

LA REINE à haute voix.

Le roi désire être seul. (*Elle prend un officier à part.*) Faites venir le médecin.

(Les princesses restent auprès de leur mère. Saül tombe évanoui. Le médecin arrive et lui donne des secours infructueux.)

MÉRAB.

Hélas ! Mical, bientôt nous n'aurons plus de père.

MICAL.

Je ne saurais, Mérab, prévoir un si grand malheur ; et je donnerais ma vie pour rendre la santé au roi.

LA REINE.

Mes filles, savez-vous où sont vos frères ?

MICAL.

Jiscui et Malkiscuah ne sont pas revenus du camp depuis hier. Jonathan est parti pour échapper à la colère du roi.

LA REINE.

Qui sait si son oncle voudra appuyer ses droits à la couronne?

MICAL.

La royauté a amené bien des périls et des soucis dans notre famille.

LA REINE au médecin.

Reprend-il ses sens?

LE MÉDECIN.

Le roi éprouve en ce moment d'effrayantes convulsions.

LA REINE.

O ciel!

MÉRAB,

N'avez-vous aucun moyen de le guérir?

LE MÉDECIN.

Peut-être qu'une douce harmonie calmerait ses transports ; envoyez chercher quelque habile musicien, nous essaierons de cette influence.

MICAL.

Je deviendrais volontiers la femme de celui qui sauverait mon père : fût-il le dernier des Israélites.

MÉRAB.

Comme votre aînée, je réclamerais, ma sœur, l'honneur de récompenser un pareil succès, mais seulement si le musicien était digne de moi.

MICAL.

Je vais faire prendre des informations dans le palais, et donner des ordres pour qu'on cherche dans tout le royaume le plus habile des musiciens.

(Elle sort.)

SCÈNE DEUXIÈME.

(Changement de décoration.)

Le camp israélite. Des tentes ouvertes sur le premier plan. Des soldats dans le lointain. — Abner, l'oncle de Saül, et général de l'armée, est dans une de ces tentes ; les fils de Saül, Jiscui et Malkiscuah, sont dans l'autre. Un officier est auprès d'Abner. L'armée ennemie occupe les hauteurs.

ABNER, JISCUI, MALKISCUAH, JONA-
THAN.

ABNER.

Saül répond à mes avis par des menaces. Le pontife prophétise la ruine de notre famille. Avec mon armée démembrée, je ne puis rien entreprendre, mon courage est épuisé. Je remettrai sans regret mon commandement entre les mains du Roi.

(Jiscui et Malkiscuah causent ensemble à leur tour.)

JISCUI.

Jonathan nous avait promis de venir nous

rejoindre. Il aime mieux demeurer dans le palais du roi que de risquer sa vie ici.

MALKISCUAH.

Mon frère, souffrirons-nous, après cet abandon, qu'il devienne un jour notre maître et succède au roi mon père ?

JISCUI.

J'ai déjà suffisamment indisposé les soldats contre lui; et, quand il viendra, l'accueil qu'on lui prépare dans le camp abaissera un peu son orgueil.

(Jonathan arrive suivi d'un jeune homme qui porte ses armes, il pénètre d'abord dans la tente d'Abner.)

ABNER.

Ah! je vous vois enfin, mon neveu, quelles nouvelles apportez-vous de la cour?

JONATHAN.

Tout y est tristesse et malheur comme dans ce camp ; mais si le Seigneur daigne protéger mon dessein, je viens vous offrir les moyens de sauver Israël.

ABNER.

Parlez, mon neveu; j'ai autant de confiance en votre prudence qu'en votre courage.

JONATHAN.

En approchant de ce lieu, j'ai vu sur la
hauteur briller les feux des ennemis. Si l'armée descend vers nous, nous sommes per-
dus. Je viens donc vous demander de me
confier quelques troupes pour les débusquer
de cette position; un heureux coup de main
rendrait la confiance à l'armée.

ABNER.

Ce que vous demandez est impossible, Jonathan; mon pouvoir est trop ébranlé pour
que je puisse trouver ainsi des hommes
prêts à courir vers un péril certain. Adres-
sez-vous à la bonne volonté des soldats ; ce
que vous ferez, je l'approuverai.

JONATHAN. (Il entre dans la tente de ses frères et
les embrasse tour à tour.)

Princes, je compte sur vous pour me
seconder en un grand dessein; commandez
vos serviteurs les plus vaillans, et venez

avec moi vers les hauteurs de Mic-Mas pour
déloger l'ennemi. — Répondrez-vous à
mes vœux, Jiscui ?

JISCUI.

Jonathan, si vous êtes las de vivre, il
n'en est pas encore ainsi de moi, et je compte
attendre le retour de mon père dans le camp
avant de rien entreprendre. Ce que Saül or-
donnera, alors je le ferai.

JONATHAN.

Et vous, Malkiscuah, ne serez-vous pas
tenté de vous introduire dans le camp Philistin pour y jeter le désordre ? Comptant
sur notre faiblesse, l'ennemi se livre en
paix à des réjouissances. Quelques braves
auraient bientôt anéanti ces hommes ivres.

MALKISCUAH.

Il convient aux têtes folles d'entreprendre
des folies. Allez donc vous couvrir de gloire,
si tel est votre plaisir ; mais, ainsi que le
prince Jiscui, le repos est de mon goût en
cet instant.

JONATHAN.

Fils de Saül, vous ne savez pas que le
Seigneur lui-même menace le roi votre père.

MALKISCUAH.

Alors, que pouvons-nous contre ses arrêts?

JONATHAN.

Notre dévouement fléchirait peut-être sa colère.

JISCUI.

C'est dans votre intérêt que vous parlez ; la couronne doit vous revenir : défendez-la donc de votre mieux.

(Le jeune homme qui porte les armes de Jonathan le suit hors de la tente ; il s'approche du prince.)

LE JEUNE HOMME.

Si vous avez besoin d'un bras résolu, d'un cœur dévoué, prince, vous pouvez disposer de moi.

JONATHAN.

Que le Seigneur te bénisse, serviteur fidèle. Viens, ne tentons plus ces cœurs lâches, et exécutons à nous deux ce qu'une armée refuse d'entreprendre.

(Ils s'éloignent.)

(Des fanfares annoncent l'arrivée de Saül.)

SCÈNE DEUXIÈME.

Les Précédens, LA REINE, MICAL, DAVID.

(Abner, les princes Jiscui et Malkiscuah sortent de
leur tente.)

ABNER.

Le roi arrive enfin parmi nous.

JISCUI.

Allons à sa rencontre.

LA REINE entre.

Général, faites cesser ce bruit. Le roi
vient de s'endormir dans sa litière. Il est
malade. Souffrez qu'au lieu de recevoir les
honneurs dus à son rang, il prenne d'abord
quelque repos dans votre tente.

(On apporte Saül endormi ; les princesses et la reine
entrent avec lui sous la tente d'Abner.)

JISCUI à son frère.

Si le roi demande Jonathan, nous aurons
soin de l'instruire de sa conduite téméraire.

MICAL revient.

Mes frères, pourriez-vous m'apprendre ce qu'est devenu Jonathan? Le roi s'est fâché contre lui hier; il nous a quittés immédiatement, et nous sommes, ma mère et moi, dans une mortelle inquiétude à son sujet.

MALKISCUAH.

Vous dites que Saül lui en veut déjà. En ce cas, l'action que va faire Jonathan n'est pas de nature à apaiser la juste colère de votre père.

MICAL.

De grâce, si vous savez quelque chose qui puisse nuire à Jonathan, n'allez pas le dire au roi. Tenez, mes frères, au lieu de vous déclarer les ennemis d'un prince aussi loyal, aidez-moi plutôt dans mes recherches pour trouver un habile musicien, afin de distraire Saül de ses douleurs. Croyez bien que cette découverte vous servira plus auprès de votre père que ne pourraient le faire vos accusations contre Jonathan.

(On entend les sons d'une harpe; Mical et les princes écoutent quelques instans.)

MICAL.

Quels accords délicieux ! Jiscui, empres-
sez-vous de m'amener cet envoyé céleste ; il
vient rendre la vie à Saül.

(Jiscui s'en va.)

MALKISCUAH.

Je n'ai jamais rien ouï de pareil. Je veux
attacher cet homme à mon service.

MICAL.

Comment pouvez-vous en concevoir la
pensée, lorsque je vous dis que le roi a besoin du secours de son art ? Ah, je ne le vois
que trop, malgré mes prières et les sacrifices que je fais sans cesse offrir , le pontife a
dit vrai : le Seigneur s'est retiré de la famille
de Saül.

MALKISCUAH.

Orgueilleuse, vous savez bien que vous
et Jonathan avez été exceptés par Samuël
des malheurs qu'il prédit faussement à notre
race. Le grand prêtre ne prétend - il pas
que vous serez reine d'Israël ?

MICAL.

Un tel honneur ne saurait m'être réser-

vé; d'ailleurs, je préfère de beaucoup la
gloire de mon père à la mienne.

JISCUI rentre avec David.

Voilà, ma sœur, le chétif musicien que
vous désirez voir. Vous aurez soin de dire
au roi que c'est moi qui l'ai amené.

DAVID. (Il est vêtu en berger.)

Prince, je suis venu ici de ma propre
volonté, ou plutôt par obéissance envers
le pontife Samuël qui m'a envoyé vers le
roi malade.

MICAL.

Quel est votre nom ?

DAVID.

Je suis le septième fils d'Isaï de Bethléem,
et je m'appelle David.

MICAL.

Eh bien, David, venez avec moi sous
la tente du roi, et si vous parvenez à guérir son mal en jouant de la harpe, vous
pourrez demander telle faveur qu'il vous
plaîra, on ne vous refusera rien.

DAVID.

Le seul plaisir de vous obéir me paiera
au delà de tous mes souhaits.

(Ils entrent tous dans la tente.)

Entr'acte pendant lequel la harpe se fait
entendre.

___

SCÈNE TROISIÈME.

SAUL, DAVID, MICAL, MÉRAB.

(Saül sort de la tente d'Abner, il est encore abattu ;
mais il se sent déjà soulagé d'une partie de son mal ;
la reine, les princesses et les princes entourent le roi.
David marche respectueusement à sa suite.)

SAUL montrant David.

Cet homme est plus habile que tous les
médecins du royaume ; je ne veux plus
qu'il me quitte, et n'ai nulle crainte de
souffrir désormais. Les sons qu'il tire de
sa harpe me rendent un calme bienfaisant : David, vous prendrez, dès cet instant, le premier rang dans ma cour.

DAVID.

Je n'ai point mérité tant de faveur, et je demande au roi d'attendre que le sort m'ait offert quelque occasion de me distinguer avant de se montrer aussi magnifique envers moi.

LA PRINCESSE MICAL à sa sœur.

Voyez combien il est modeste !

MÉRAB.

Vous vous enthousiasmez un peu vite pour un berger, ma sœur. Pour moi, je lui reconnais du talent ; mais son extérieur annonce un homme né pour les arts et fort incapable à la guerre.

SAUL.

Je sens mes forces revenir, et dès demain je me mettrai à la tête de l'armée pour attaquer les Philistins. Mais avant cela, et afin de nous rendre le Seigneur propice, j'ordonne à toute l'armée, sans exception de rang, d'âge, ni de grade, de rester, d'un soleil à l'autre, sans prendre de nourriture. Qu'on fasse savoir cette

volonté dans le camp, en annonçant que
celui qui l'enfreindra sera mis à mort,
fût-il mon fils.

(Les princes s'inclinent et sortent pour obéir aux ordres de leur père.)

La toile se baisse encore une fois.

⌾

➤➤◄◄

Et le pauvre Jonathan qui n'est point
averti, s'écria Wilhelm.

— Si vous reteniez votre histoire sainte, mon fils, dit M. Goëthe, vous sauriez
déjà prévoir ce que tout cela deviendra.

—Pourrons-nous jouer avec les acteurs?
demanda une petite fille. Pour moi, je fe-
rais de la princesse qui est si bonne, ma
poupée favorite; et si j'avais aussi les princes
Jiscui et Matisna......

— Malkiscuah, reprit Wilhelm.

— Comme tu voudras : enfin, si j'avais
ces princes ainsi que la belle Mérab, je les
mettrais joliment en pénitence.

— De tels personnages feraient un bel

2*

effet dans des jeux de petite fille, reprit Wilhelm d'un air dédaigneux.

— Mais vraiment, continua la petite fille, ces marionnettes ne sont pas si grandes que mes poupées.

— Dans leur théâtre elles le paraissent beaucoup plus. Que je voudrais pouvoir les tenir et les faire parler!

— Silence, Wilhelm, dit madame Goëthe, on va lever le rideau.

ACTE TROISIÈME.

SCÈNE PREMIÈRE.

La scène représente une forêt.

JONATHAN, un Jeune Homme, un Soldat.

(Jonathan et son serviteur arrivent.)

JONATHAN.

Quelles heureuses nouvelles nous allons
porter au Roi. Les Philistins sont en déroute
et tournent leur fureur contre eux-mêmes,
ne sachant où trouver l'ennemi. Combien
ils seront surpris, quand ils apprendront
que deux hommes seuls ont fait tout ce ravage!

LE JEUNE HOMME.

Laissez-moi vous devancer au camp
pour engager le Roi à faire marcher aussitôt ses troupes.

JONATHAN.

Tu n'auras pas besoin d'aller bien loin, car j'aperçois d'ici de grands nuages de poussière; je vois briller les hoyaux et les fourches des enfans d'Israël. Va donc vers mon père et apprends-lui ce qui est arrivé, afin que je rentre en grâce auprès de lui.

(Le jeune homme sort.)

La fatigue commence à saisir mes membres. Je me sens bien altéré, et j'éprouve un grand besoin de manger; il est impossible de trouver quelque nourriture ici; mais voyons si la forêt ne cache pas une source.

(Il cherche de divers côtés et s'arrête devant un arbre mutilé.)

Oh! bonheur; voici du miel, je vais en prendre un peu.

(Il y goûte à plusieurs reprises ; pendant ce tems des soldats de l'armée israélite arrivent sur le théâtre.)

UN SOLDAT.

Quel est celui qui ose désobéir à Saül? arrêtons-le, et qu'il soit conduit au Roi.

JONATHAN.

Soldats, n'approchez pas de moi ; je süis le prince Jonathan.

LE SOLDAT.

Alors, malheur sur vous et sur nous tous, votre perte sera la ruine d'Israël

JONATHAN.

Je ne vous comprends pas ; mais au lieu de me plaindre réjouissez-vous plutôt avec moi. Les Philistins sont en déroute. Hier vous me refusiez tous de venir les attaquer ; mon serviteur et moi, nous avons seuls accompli mon projet avec un plein succès.

LE SOLDAT.

Si cela est, il ne doit pas tomber un seul cheveu de ta tête.

JONATHAN.

Le Roi, mon père, a-t-il résolu ma mort ?

LE SOLDAT.

Non ; mais hier un jeûne absolu a été prescrit à toute l'armée, sous peine de mort.

JONATHAN.

Je n'étais pas au camp lorsque l'ordre en est parvenu. Mon père m'excusera auprès de mon oncle.

LE SOLDAT.

C'est le Roi lui-même qui s'est engagé par serment à punir de mort le coupable, fût-il son propre fils.

JONATHAN.

Que le Seigneur daigne me prendre sous sa sauve-garde!

LE SOLDAT.

On va camper dans cette forêt, et Saül dirige aujourd'hui les troupes.

SCÈNE DEUXIÈME.

Les Mêmes, JISCUI, MALKISCUAH.

JISCUI.

Ah! vous voilà, Jonathan, à votre air contristé il est facile de voir que votre courage s'est démenti en route.

JONATHAN.

Non, mon frère, et ma tentative a pleine-
ment réussi.

MALKISCUAH.

Quoi! les Philistins auraient reculé devant vous!

JONATHAN.

Oui.

MALKISCUAH.

Pour ma part, grâce au jeûne prescrit
par le Roi, je ne serais guère capable, en ce
moment, de tenir tête à l'ennemi; et vous,
mon frère, je suppose qu'après vos exploits,
vous devez aussi être cruellement tour-
menté par la faim.

JONATHAN.

Dans l'ignorance où j'étais de la volonté
du Roi, j'ai goûté à un rayon de miel.

JISCUI.

Ah! mon frère, qu'avez-vous fait?

JONATHAN.

Je suis résigné à subir mon sort.

MALKISCUAH.

Pauvre Jonathan!

SCÈNE TROISIÈME.

Les Précédens, SAUL, DAVID, LA REINE, LES PRINCESSES, des Officiers.

SAUL.

Mon fils Jonathan, je viens d'apprendre ce que nous vous devons tous, et mon cœur se réjouit d'avoir un fils tel que vous.

JONATHAN.

C'est déjà trop pour moi, mon père, que vous oubliez votre colère d'hier.

SAUL.

Mon cœur est plein de tendresse pour vous, et voici votre mère et vos sœurs qui ne se lassent point de répéter vos louanges. Il a plû au Seigneur de m'accabler de dons en ce jour, malgré les prophéties de Samuël; et je dois vous présenter, mon fils, ce nouveau serviteur (*il désigne David*), dont le talent sur la harpe endort mes douleurs, et rend toujours à propos le calme à mes esprits.

JONATHAN.

Souvent le Seigneur frappe ses plus rudes
coups alors que l'homme se réjouit.

SAUL.

Prince, ce langage me blesse; ne recom-
mencez pas à vous faire l'interprète de Samuël.

JONATHAN.

Mon père, un grand malheur vous attend.

JISCUI bas à Malkiscuah.

Il a résolu de se perdre lui-même.

SAUL.

Parlez donc, malheureux; rappelez le
glaive dans mon sein. Venez troubler de
nouveau ma raison qui commençait à se
raffermir. Je sens déjà mes membres qui
frémissent. Je vais retomber sous l'obces-
sion du malin esprit.

LA REINE.

Mon fils, quel est donc votre dessein?

JONATHAN.

Ah! puissé-je exciter vos ressentimens

jusqu'à vous rendre moins cruel le coup qu'il me reste à frapper!

SAUL.

Mon fils, je vous ordonne de parler sans détour.

JONATHAN.

Grand roi, un Israélite a rompu le jeûne.

SAÜL.

Sa vie me répondra de sa désobéissance. Cet homme, quel est-il?

JONATHAN.

Moi!

LA REINE ET LES PRINCESSES. (Elles viennent se jeter aux pieds de Saül.)

Grâce! grâce, pour votre fils..., pour notre frère!

SAUL.

Les sermens faits au Seigneur sont irré-vocables. Jonathan doit mourir.

LA REINE se tournant vers les officiers.

Braves Israélites, vous ne souffrirez pas que cet acte barbare s'accomplisse; je re-

mets la vie du prince sous votre sauve-
garde, et si le sang humain doit plaire au
Seigneur, je m'offre pour victime à la place
de mon fils.

JONATHAN.

Ma mère, n'apprenez pas à vos sujets à
méconnaître l'autorité du roi.

LA REINE.

Eh! que m'importe ce sceptre et sa puissance mensongère. Ne sommes - nous pas
chaque jour en péril de voir le peuple se
révolter contre nous? Et Saül serait maître
absolu, seulement alors qu'il s'agirait de
frapper de mort un de ses fils. Soldats, voici
l'instant d'opposer la force aux volontés
d'un père insensé ; répondez à ma voix;
parlez, laisserez-vous mon fils périr?

(Les officiers s'avancent, entourent Jonathan, et l'un
d'eux porte la parole.)

L'OFFICIER.

Jonathan a sauvé Israël, nous ne lais-
serons pas tomber un cheveu de dessus sa
tête.

LA REINE.

Saül, vous l'entendez; voulez-vous maintenant lutter contre l'opposition de l'armée?

SAUL.

Vous sauvez Jonathan; mais vous nous perdez tous.

JONATHAN.

Mon père, qu'il soit fait selon votre jugement.

SAUL.

Malheureux prince, pourquoi m'avez-vous désobéi !

JONATHAN.

J'étais loin du camp, lorsque vous avez annoncé le jeûne. Aucun avis ne m'en est parvenu, tandis qu'avec mon seul homme d'armes, je mettais les Philistins en déroute. Accablé de fatigue, et saisi par une soif brûlante, je revenais vers vous avec l'espoir d'avoir mérité votre suffrage. En passant dans la forêt, j'ai découvert un rayon de miel dans le creux d'un arbre; à peine en avais-je goûté, que des soldats sont sur-

venus , et m'ont appris mon crime involon-
taire.

LES OFFICIERS.

Il n'est pas coupable ; le prince ne mourra
pas.

MICAL.

Mon père, dites comme eux ?

SAUL.

Je renonce à le punir.

LA REINE.

Que le Seigneur vous comble de béné-
dictions !

ACTE QUATRIÈME.

David est dans un champ au milieu de ses brebis. Sa harpe est près de lui.

SCÈNE PREMIÈRE.

DAVID seul.

DAVID.

Maintenant que le roi n'a plus besoin de moi, je reprends avec joie mon service de pasteur. Les honneurs de la cour me tentent peu, et hors l'affection du prince Jonathan et celle de la princesse Mical, je ne regrette pas ma faveur passagère dans la famille de Saül. En me prédisant une haute fortune, le pontife Samuël s'était étrangement trompé. Les desseins de Dieu sur moi se bornaient à m'envoyer au secours du père de Jonathan.

SCÈNE DEUXIÈME.

DAVID, JONATHAN.

JONATHAN.

Je vous cherchais partout, fils d'Isaï,
car votre départ m'a plongé dans le chagrin.
Hélas! moi aussi, je dois quitter mon père.
Saül ne sait plus reconnaître entre les siens
quels sont les serviteurs fidèles; il vient de
me nommer à un gouvernement éloigné,
comme si les Philistins étaient à jamais
vaincus.

DAVID.

Est-il bien vrai que le Roi se sépare volontairement de son plus brave défenseur?

JONATHAN.

Mes frères m'ont desservi dans l'esprit de
mon père. Ce qui m'afflige le plus en lui,
c'est de penser qu'un péril inattendu peut
surprendre le Roi, et que je ne serai pas là
pour l'en garantir.

DAVID.

Prince, vous pouvez du moins compter sur mon zèle.

JONATHAN.

Votre bonne volonté est sans bornes, et si mon père retombait malade, je sais que vous iriez encore charmer son mal en jouant de la harpe auprès de lui. Mais ce n'est pas seulement l'esprit malin que je redoute pour Saül. Les Philistins peuvent fondre à l'improviste sur l'armée, et alors où serait l'homme capable de conduire nos soldats à la victoire?

DAVID.

Je ne craindrais pas de me mesurer contre dix Philistins.

JONATHAN.

La jeunesse trahirait en vous la bonne volonté.

DAVID.

Prince, ne me méprisez pas pour la petitesse de ma taille; car, sous ces frêles dehors, le Seigneur m'a doué d'une grande vigueur, depuis le jour où Samuël a versé l'huile sainte sur mon front.

JONATHAN.

Samuël aurait désigné en vous le succes-
seur de mon père ?

DAVID.

Que cet aveu ne vous porte point à la
colère contre moi, prince, jusqu'à ce qu'il
plaise au Seigneur d'opérer, par sa seule
volonté, un si grand miracle, vous et les
vôtres n'aurez pas de plus fidèle serviteur
que moi.

JONATHAN.

Ah ! je reconnais trop que vous dites vrai,
David, et si un jour vous portez la couronne,
je réclame l'honneur de marcher immédiatement après vous.

DAVID.

Jurons-nous une éternelle alliance devant
le Seigneur.

JONATHAN.

Je m'engage solennellement, en sa présence, à vous aimer en frère jusqu'au jour
où je vous servirai avec le respect dû à un
maître. Avant de partir je ferai remettre
chez vous mon manteau, mon épée, un arc,

ce baudrier, que je vous prie de garder en mémoire de moi.

DAVID.

Mes présens, à moi, seront les dépouilles de deux ennemis que je peux vous montrer étendus morts à quelques pas d'ici.

(Ils s'avancent vers un fossé.)

JONATHAN.

Un lion ! et un ours ! quelle main les a terrassés ?

DAVID.

La mienne. Je paissais tranquillement les troupeaux de mon père. Ces deux animaux arrivèrent et voulurent emporter une brebis ; je courus après eux, j'arrachai la brebis de leur gueule, et les prenant tous deux par la mâchoire je les frappai si rudement l'un contre l'autre que je les tuai.

JONATHAN.

Si vous prenez les armes contre les Philistins, la victoire ne sera plus douteuse. Adieu, mon frère, je vous recommande la personne de Saül.

DAVID.

Je le défendrai comme si c'était vous-même.

(Jonathan s'en va.)

———

SCÈNE TROISIÈME.

MICAL, suivie d'une de ses femmes, DAVID,
Un Héraut d'armes.

MICAL à sa suivante.

C'est à peine si j'ose marcher en sécurité par ici ; j'ai toujours peur des ennemis, ou des bêtes féroces, et personne ne se présenterait pour nous protéger.

(Elle passe.)

DAVID à part.

La princesse ne se souvient déjà plus de moi. Je vais lui faire entendre ma harpe, afin qu'elle sache que son fidèle serviteur n'est pas loin.

(Il joue un air mélancolique.)

MICAL revenant

David est ici ! Quoi ! ce serait lui qui garde les moutons! La faveur de mon père est-elle de si courte durée?

(Elle s'approche du berger.)

Fils d'Isaï, pourquoi avez-vous quitté la cour de Saül?

DAVID.

Mes frères commençaient à murmurer contre mon élévation subite, et pour rendre la paix au vieil Isaï, je suis revenu prendre l'emploi pour lequel j'ai été élevé.

MICAL.

Jonathan n'a-t-il pas cherché à vous retenir?

DAVID.

Ce prince aussi a quitté la cour, et j'ai, tout à l'heure, reçu ses adieux ici. Ainsi que les miens, les frères du prince Jonathan sont toujours prêts à le persécuter.

MICAL.

Tems déplorables! Je suis partie seulement depuis deux jours pour venir consul-

ter Samuël à Bethléem, et déjà tous ces
changemens sont accomplis.

(Un Héraut d'armes traverse la plaine.)

Oh ! sans doute, je vois encore un messager de malheur dans cet homme ; David,
veuillez l'appeler vers moi.

(David va au devant du Héraut.)

Êtes-vous en course pour ordonner une
nouvelle levée d'armes dans les tribus ?

LE HÉRAUT.

La désolation est répandue partout.

MICAL.

Qu'est-il arrivé ?

LE HÉRAUT.

Un géant appelé Goliath, est venu du
camp des Philistins ; il ravage les terres des
Israélites, enlève les hommes, les femmes et
les enfans , sans qu'il soit possible d'arrêter
son bras... Saül tremble sur son trône ; il a
promis d'immenses récompenses et la main
de sa fille aînée, la princesse Mérab, à celui
qui lui rapportera la tête du géant.

DAVID.

Si j'étais prince, au lieu d'être un simple berger, je me battrais avec joie contre le géant; mais il faudrait que le Roi me laissât le choix de l'une de ses filles.

MICAL.

Ma sœur est recherchée en mariage par Hadriel, prince méholathite.

LE HÉRAUT.

Quand le roi a dit que le vainqueur du géant appelé Goliath épouserait sa fille, il n'a excepté aucun rang de la concurrence.

DAVID.

Eh bien ! je marcherai au combat avec désintéressement et pour le seul honneur du peuple d'Israël ; car ma présomption est loin de s'élever aussi haut que sur la fille d'un roi.

MICAL.

Si le Seigneur est propice à mes vœux, vous triompherez ; et le roi trouvera bien une de ses filles disposée à répondre pour sa promesse.

DAVID.

Héraut, dis-moi où je dois trouver Goliath pour le combattre.

LE HÉRAUT.

Il est dans le camp de Mic-Mas.

MICAL.

Je retourne auprès de Saül pour lui annoncer que j'ai trouvé un généreux défenseur.

La toile se baisse.

———

— Mical ferait mieux de laisser David parler lui-même, car je suppose bien qu'on va fort se moquer des prétentions du berger à la cour, et cependant......

Cette réflexion était de Wilhelm, sa mère lui posa sa main sur la bouche : — Paix ! enfant bavard, lui dit-elle, laissez le plaisir de la surprise à ceux qui sont moins savans que vous.

— Samuël a prédit que David serait roi, interrompit une petite fille ; à qui donnera-

t-il ses moutons quand il ira demeurer dans
le palais ?

— Voilà une belle question, reprit Wilhelm ; comme s'il manquait de pauvres gens
dans le village de Bethléem. Son père et ses
frères habiteront son palais, et il pourra
donner ses troupeaux à Samuël.

— Oh non, dit vivement la petite fille,
le grand prêtre les sacrifierait et j'en aurais trop de chagrin.

— Tu aimerais mieux les manger toi-
même que de les offrir à Dieu.

— Je ne pensais plus qu'on tuait des
moutons à présent, et je trouvais les Israélites un peu méchans.

ACTE CINQUIÈME.

SCÈNE PREMIÈRE.

La toile se lève ; on revoit le palais de Saül.

SAUL, LA REINE, MÉRAB, MICAL.

SAUL.

Ma fille ; cet'homme ignore sans doute
quelle est la force de l'ennemi qu'il s'est engagé à combattre. La taille de Goliath est
de six coudées et une palme de haut ; il est
armé d'une cuirasse à écailles, et cette
cuirasse pèse cinq mille sicles d'airain.
Des cuissards d'airain couvrent ses cuisses,
et il porte aussi un bouclier d'airain entre
ses épaules. La hampe de sa hallebarde ressemble à l'ensuble d'un tisserand, et le
fer qui la surmonte pèse six cents sicles de
fer. Nous le voyons sans cesse sortir des
rangs de l'armée et s'avancer couvert de

3*

son bouclier qu'un homme porte devant
lui, alors il s'écrie insolemment : « Qu'il
vienne donc un Israélite se mesurer avec
moi; je consens à livrer le combat pour les
Philistins : si j'ai l'avantage, vous nous serez assujétis et nous servirez; mais si vous
trouvez un homme capable de me vaincre,
les Philistins, au contraire, deviendront
les esclaves des Israélites. » Accepter ce
défi, me paraît téméraire; et, toutefois, si
nous entrons en bataille, Goliath, à lui seul,
peut détruire mon armée.

MICAL.

Celui qui a pu vaincre à la fois un lion et
un ours, sans autre secours que la force
de son bras, ne tremblera pas devant Goliath.

SAUL.

Et ce guerrier, quel est-il enfin?

MICAL.

Un berger.

SAUL.

Je vous demande son nom.

MICAL.

Il m'est impossible de le dire.

MÉRAB.

Mon père, n'allez pas promettre ma main à un gardien de troupeaux.

LA REINE.

Faites taire votre orgueil, ma fille, car le péril est tel que vous courez le risque de devenir l'esclave de la femme d'un soldat philistin.

SAUL.

Quand verrons-nous, ma fille, le sauveur que vous nous promettez?

MICAL.

Je lui ai fait dire de se rendre au camp; vous l'y trouverez si vous consentez à ce que le combat ait lieu demain matin.

La toile se baisse.

— Comme cet acte a été court, dit un des jeunes Goëthe.

— L'entr'acte ne sera pas long, non plus, cria une voie derrière le rideau.

— C'est M. Varner qui parle, dit aussitôt Wilhelm ; c'est lui qui nous a monté ce beau théâtre.

— Oui, mon ami, cria encore M. Varner ; tout cela te plaît-il ?

— Je n'ai jamais rien vu de si beau..

— Un peu de patience, et mon théâtre t'offrira bien d'autres merveilles.

— Vous voyez, mes enfans, reprit M. Goëthe, que notre ami Varner n'a pas dédaigné de consacrer à votre amusement ses talens pour la mécanique.

— Et cette belle comédie, qui l'a inventée ? demanda Wilhelm.

— Elle se trouve presque toute faite ainsi dans la Bible. M. Varner et moi, nous n'avons eu qu'à relire le livre des Rois pour en extraire ces dialogues. Nous avons dû encore les disposer en scènes, graduer l'intérêt pour nous conformer aux lois de l'art dramatique.

— Je voudrais bien, reprit Wilhelm, m'essayer à faire jouer des *marionnettes*.

— Ce n'est pas moi, cette fois, interrompit M. Goëthe, qui ai prononcé un mot aussi positif.

ACTE SIXIÈME.

Le théâtre représente deux camps; les tentes
sont rangées à droite et à gauche de la scène;
des soldats philistins et israélites sont prêts
à livrer bataille. Saül est à la tête des siens.
(*Il fait encore nuit.*)

SCÈNE PREMIÈRE.

Officiers Israélites, GOLIATH, DAVID,
ÉLIAB, ABINADAB, SAUL.

(Quelques officiers du camp israélite s'entretiennent
ensemble.)

PREMIER OFFICIER.

Saül se livre chaque jour à de nouvelles
fureurs: le peuple est opprimé; il mur-
mure sans cesse. Samuël refuse de répondre aux messagers du roi. On assure même
qu'il prédit la destruction de la maison
royale. Nous vivons en un tems où il doit
s'accomplir plus d'une révolution dans
Israël.

SECOND OFFICIER.

Camarade, je vous engage à mesurer vos
paroles ; car le roi est devenu jaloux de son
autorité, et votre vie serait en danger s'il
vous entendait.

(Pendant cette conversation le jour augmente peu à
peu.)

PREMIER OFFICIER.

Tout à l'heure, quand le réveil sonnera,
nous allons encore subir les bravades de
Goliath. N'est-ce pas un grand malheur que
l'armée d'Israël n'ait aucun homme d'une
grande force à opposer au géant philistin !

UN AUTRE OFFICIER.

Le bruit s'est répandu qu'un berger s'é-
tait offert à lutter contre Goliath.

PREMIER OFFICIER.

Un berger! Déjà un homme de cette classe
a sauvé la vie du roi, en jouant de la harpe;
bientôt sans doute aussi un gardien de
troupeaux se présentera pour nous gouverner.

(Le jour est tout-à-fait revenu ; on entend des fanfares
partir des deux camps.)

UN OFFICIER.

Rentrons dans nos tentes pour cacher notre honte aux Philistins.

(Les tentes des Israélites sont fermées ; on ne ne voit plus personne de leur côté. Le géant Goliath sort du camp philistin.)

GOLIATH (d'une voix forte.)

Pourquoi ne sortez-vous pas, pour vous ranger en bataille? Ne suis-je pas Philistin, et vous, n'êtes-vous pas des serviteurs de Saül? Trouvez donc au moins un homme qui vienne se mesurer avec moi. S'il est vaincu, la victoire reste aux Philistins; mais s'il me tue, les miens vous suivront en servitude.

(Il attend quelques instans, puis il rentre dans sa tente.)

(Les officiers israélites sortent de nouveau.)

PREMIER OFFICIER.

Se présenter à lui c'est courir à une mort certaine!

SECOND OFFICIER.

Et perdre l'armée et le peuple à la fois.

PREMIER OFFICIER.

Tous les jours, cependant, il répète les mêmes provocations.

DAVID (vêtu en berger, et portant un panier, s'a-
vance vers les officiers.)

Seigneur, pourriez-vous me dire où sont
les fils d'Isaï de Bethléem ?

UN OFFICIER.

Vous les trouverez dans le camp, ou
plutôt je vais les faire appeler ici, et vous
leur parlerez en notre présence.

(Il sort.

PREMIER OFFICIER. (Sans faire attention à David.)

Et ce berger annoncé est, sans doute, un
homme de haute stature ; on lui donnera
des armes de la force de celles de Goliath.

SECOND OFFICIER.

C'est une vaine espérance d'attendre un
adversaire digne de Goliath.

DAVID.

Le Seigneur a quelquefois ôté la force
au puissant pour la donner au faible.

PREMIER OFFICIER.

Toi qui t'exprimes selon la sagesse, se -
rais-tu l'envoyé de Dieu ?

DAVID.

Mon désir est de lutter contre Goliath.

(L'officier revient avec les frères de David.)

DAVID va à leur rencontre.

Eliab, Abinadab, et vous Scamma, notre père Isaï m'envoie vers vous; je vous
remets, en son nom, un epha de froment
rôti et dix pains; je dois rapporter de
vos nouvelles à Bethléem. Voici encore dans
le panier dix fromages de lait qu'Isaï vous
charge d'offrir à votre capitaine de millier.

PREMIER OFFICIER.

David ne dit pas tout, il s'est mis aussi
dans l'esprit de combattre Goliath.

ELIAB.

C'est donc pour cela, misérable enfant,
que vous avez abandonné nos troupeaux;
retournez au plus vite vers les hauts lieux,
sans vous aviser de prendre souci des choses qui regardent les hommes faits.

DAVID.

Dieu a parlé en ma faveur, mon frère;
j'obéirai à sa voix.

ABINADAB.

Orgueilleux ! n'est-ce pas assez pour toi
d'avoir joué de la harpe devant le Roi?

PREMIER OFFICIER.

Quoi ! c'est un joueur d'instrumens qui
prétend devenir un guerrier !

SECOND OFFICIER.

En vérité, Goliath aurait là un redoutable adversaire.

ABINADAB.

Retourne à tes moutons et à tes vaches,
David, tu n'es pas fait pour vivre au milieu
des hommes d'armes,

(Le géant Goliath paraît. Tous les Officiers et les fils
   d'Isaï rentrent aussitôt dans les tentes; David seul
   reste sur le champ de bataille.)

(David ayant déposé son panier derrière la tente , n'a
   plus en main que son bâton. Il attend le géant de
   pied ferme.)

GOLIATH.

Ah ! je vous surprends, lâches et misérables Israélites. Voyons donc s'il s'en trouvera un parmi vous qui ose combattre. Ils
se sauvent tous encore une fois. Et toi, enfant, dans quel dessein reste-tu là, est-ce
pour leur faire honte?

DAVID.

J'ai promis aux oiseaux du ciel et aux animaux de la terre de leur donner tes membres pour pâture et je vais te tuer.

GOLIATH.

Ton visage est doux, mon enfant, tes cheveux sont blonds, vrai, j'aurais du regret à te faire périr, va-t-en.

DAVID.

L'Éternel m'a ordonné de marcher contre toi. Je lui obéis sans crainte.

GOLIATH.

Du moins va cacher tes membres sous une cuirasse; abrite ta tête sous un casque, afin que je me figure avoir un adversaire moins indigne de moi.

DAVID.

Mon bâton me suffira pour te vaincre.

GOLIATH avec fureur.

Me prends-tu pour un chien ? Je te maudis par Kémos et par Hammon, misérable Israélite, et je porterai tout à l'heure ta tête sur l'autel élevé en l'honneur de ces dieux.

DAVID.

Moi, je te frapperai au nom de l'Éternel
qui protége Israël.

(Le combat s'engage. Goliath, vaincu, tombe à terre.
Les officiers entr'ouvent leur tente pour regarder la
lutte. Goliath tombé, David l'entraîne hors de vue,
et revient quelques instans après portant dans sa
main la tête du géant.)

(Les Officiers se montrent et Saül arrive en même
tems au milieu du camp.)

LES OFFICIERS crient à plusieurs reprises :

Gloire ! Honneur au fils d'Isaï !

Gloire à David !

Il a sauvé Israël !

SAUL.

Quels sont ces cris ? et quel est le vainqueur que l'on salue ainsi ?

DAVID vient s'agenouiller devant Saül.

Roi, c'est le dernier de vos sujets qui
vient mettre à vos pieds la tête de votre
ennemi.

LES OFFICIERS.

Gloire ! Honneur au fils d'Isaï !

Gloire à David !

Il a sauvé Israël !

Que le Roi lui accorde sa fille Mérab

Et le rang dû à son mérite !

SAUL.

Ces cris me fatiguent. A vous entendre,
soldats, on dirait que vous venez d'élire un
nouveau chef. David a sans doute mérité les
suffrages ; mais avant de le récompenser
selon les promesses que j'ai faites au vainqueur de Goliath, j'entends livrer une bataille ; je combattrai en personne, et si David se conduit devant l'armée comme il l'a
fait ici, je le proclamerai mon gendre.

DAVID.

En me donnant une nouvelle occasion de
vous servir, ô Roi! vous augmentez ma reconnaissance.

SAUL.

Eh bien! quittons ce camp et allons attaquer les Philistins à [Hékron, où ils sont
retranchés en plus grand nombre qu'ici.

La toile se baisse.

ACTE SEPTIÈME.

SCÈNE PREMIÈRE.

Le palais de Saül.

Le Roi, LA REINE et ses deux Filles, grand nombre d'Officiers, DAVID, vêtu de riches habits, Chœurs et Danses.

CHOEUR DE JEUNES FILLES CHANTANT.

Saül a tué mille Philistins,
David en a tué dix mille.
Gloire au Seigneur!
Gloire à David!

SAUL à la reine.

Ces chants insolens me poursuivent jusqu'en mon palais, et ce berger me dérobe le mérite de la victoire.

LA REINE.

Donnerez-vous votre fille à un gardien de troupeaux?

LE ROI.

Mérab ne saurait y consentir ; cependant l'armée se révolte si je manque à ma parole.

LA REINE

Du moins, offrez à David la main de Mical ; songez que Mérab était destinée à un prince.

LE ROI.

Votre idée est bonne, car si je puis ainsi fâcher David, il me sera plus facile de l'éloigner.

(Les Chœurs et les Danses recommencent.)

Saül a tué mille Philistins,
David en a tué dix mille.
Gloire au Seigneur !
Gloire à David !

LA REINE.

Mettez fin à ces réjouissances.

SAUL fait signe aux chanteurs de s'éloigner.

Approchez David, et dites-nous ce qu'il nous reste à faire pour vous ?

LE CHŒUR.

Le vainqueur de Goliath
Épousera la fille aînée du Roi.

DAVID.

Seigneur, votre peuple le dit, et j'attends les effets de votre promesse.

MÉRAB à part.

Plutôt mourir, que d'épouser le fils d'Isaï.

MICAL à part.

Pourquoi ne suis-je pas à la place de Mérab?

SAUL.

Ma fille Mérab est engagée à un roi, qui devient, par ce mariage, l'allié d'Israël. Voyez, si vous voulez vous contenter de la main de ma jeune fille Mical.

DAVID.

Quand Goliath ravageait les terres de votre peuple, ô roi ! vous étiez moins réservé dans vos offres. Mais, tel est mon respect pour vous, que je me trouverai encore trop honoré en épousant la princesse Mical.

LA REINE à part.

Malheur sur moi et sur ma race, de voir une telle-alliance.

SAUL à David.

Que ma fille apporte dans 'ta maison tout le bonheur que je te souhaite.

DAVID.

Je ne sais si vos paroles expriment la haine ou la tendresse. Mais je jure ici que nul présent ne pouvait me rendre plus heureux que la main de Mical.

MICAL à David.

Notre mariage est-il un acheminement à l'accomplissement des prédictions que Samuël a faites à notre égard?

DAVID à Mical.

Quels ques soient les sentimens du roi pour moi, en devenant son fils, je m'engage à lui garder une fidélité et une soumission inviolables.

Le chœur et les danses recommencent, puis la toile tombe pour la dernière fois.

Il était tard, et lorsque les enfans eurent fait de nouveaux remerciemens à leurs parens et à leur ami Varner, M. Goëthe, sans laisser le tems à chacun de communiquer ses impressions, envoya la petite bande se coucher. Plus vivement frappé que les autres, Wilhelm cherchait inutilement à s'endormir : il revoyait devant lui Saül avec son manteau noir, sa couronne d'or et son air empesé et pédant. Jonathan, son fils, passait avec son habit jaune et rouge, portant un turban sur la tête. Le géant Goliath ne faisait pas non plus faute à l'appel. Chaque scène se retraçait à son esprit sous la forme de songes brillans. Puis il pensait au plaisir qui lui était réservé de jouer avec les marionnettes, de donner à ses frères des représentations dont il créait d'avance le plan dans son imagination active. Tout cela l'occupait si bien que, quand le sommeil le prit, il rêva que lui et ses camarades jouaient eux-mêmes des comédies héroïques, et cela ne se passait pas sans causer de grands embarras aux acteurs et plus d'un mécompte à l'auditoire.

Le lendemain, quel malheur, le théâtre
magique avait disparu. On avait enlevé les
rideaux et la porte ainsi que la chambre
offraient exactement le même aspect que
les jours précédens. En vain Wilhelm cher-
chait-il à reconstruire en esprit les merveilles dont il avait été le témoin, cette solitude l'attristait, et lui ôtait même le sentiment de toutes ses jouissances passées.
Assiégé par cette préoccupation, il imagina
un jour de fabriquer lui-même, avec de la
cire, des personnages semblables aux héros de la pièce, et bientôt un formidable
Goliath et un David, aux dehors grêles,
sortirent de ses mains. Quelques chiffons
arrachés à la générosité de ses sœurs ha-
billèrent assez convenablement les marionnettes, et Wilhelm leur fit redire vingt fois
la scène du combat, toujours terminé à la
gloire de David.

Madame Goëthe souriait de ces essais ;
elle chercha à obtenir, auprès de son mari,
la grâce d'une seconde représentation,
ses tentatives n'obtinrent aucun succès.
M. Goëthe pensait qu'il fallait aux en-

fans, ainsi qu'aux hommes, des plaisirs
rares, et que petits et grands ne savent pas
faire cas d'un bonheur qui revient tous les
jours.

Il y a quelquefois danger aussi, à trop
exciter les désirs des êtres faibles, et mieux
vaut la perte d'une illusion que la pour-
suite passionnée des plaisirs de l'imagination.

Dans les maisons où règnent l'ordre et
l'abondance, les enfans sont à peu près
comme les rats et les souris : ils observent
toutes les fentes, tous les trous qui peuvent les conduire à s'emparer de quelques
friandises défendues, et jouissent d'une découverte avec cette crainte furtive principale cause de leur bonheur.

Entre tous ses frères, Wilhelm, depuis
qu'il songeait à ses marionnettes, était habile à remarquer une clé oubliée à quelque
armoire et par occasion à l'office, pièce
qui lui semblait renfermer les plus précieuses richesses de la famille. Quand sa
mère l'appelait en ce lieu pour l'aider à
quelque ouvrage, des pruneaux le récom-

pensaient ordinairement du service rendu.
Mais de l'œil, le petit garçon convoitait
les trésors qu'il voyait entassés les uns sur
les autres, et souvent, d'une main furtive,
il ajoutait aux dons maternels avec une
adresse qui eût beaucoup plus honoré un
petit Spartiate qu'un enfant bien élevé de
nos jours.

Un dimanche, madame Goëthe, pressée
par le son du dernier coup de la messe,
avait couru à l'église, sans retirer la bien-
heureuse clé. A peine Wilhelm a-t-il surpris
cet oubli qu'il se glisse, muet et léger, dans
le sanctuaire de ses vœux. D'abord, il se
sent accablé à la vue de ces provisions de
sucre, de confitures, de fruits secs et con-
fits, tous également invitant pour lui. La
peur d'être surpris l'oblige néanmoins à
précipiter son choix; il entasse dans ses
poches les pruneaux favoris, des pommes
sèches, des oranges confites, butin dont
il devrait être honteux ; Wilhelm se dispose à gagner au plus vite un lieu où il
puisse jouir en paix de ses larcins. Tout à
coup ses regards tombent sur deux casset-

tes; de l'une d'elles sortaient, par un tiroir
mal fermé, des fils-de-fer garnis d'agraffes.
Il passe à une nouvelle joie, et se précipite
sur ce bien. Ce sont ses héros, ses amis em-
paquetés les uns sur les autres : il veut les
contempler tous à la fois, délivrer ceux qui
sont entassés au dessous; les fils s'em-
brouillent, Wilhelm craint d'être surpris,
on vient de faire du bruit dans la pièce voisine. Alors, emportant les Hébreux et les
Philistins, pêle-mêle, il s'empare encore
d'un petit livre où la pièce est écrite telle
que M. Varner l'a jouée, et, montant doucement l'escalier, il se sauve dans un ga-
letas.

Depuis ce jour, le petit garçon ne songeait plus qu'à s'échapper afin de se retrouver dans sa solitude. Il relisait la pièce,
l'apprenait par cœur, puis, se lassant de faire
mouvoir des marionnettes, il se mettait à
déclamer lui-même les rôles principaux,
se figurant tour-à-tour qu'il était Saül, Jonathan, Mical, David, et même Goliath,
tant que le géant jouait son rôle valeureux;
mais lorsque David entrait en scène, Wil-

helm créait en imagination son redoutable adversaire, ne pouvant pas consciencieusement se prendre corps à corps avec la marionnette géant. Par mégarde, il arriva plus d'une fois à Wilhelm de répéter devant son père des passages de la pièce écrite. M. Goëthe admira beaucoup la prodigieuse mémoire de son fils. Enhardi par ce succès, il osa un soir en dire des scènes entières devant sa mère. Madame Goëthe soupçonna la fraude, et ne tarda pas à aller éclaircir ses doutes. Elle n'en dit rien d'abord et attendit l'occasion de donner à son fils la leçon qu'il méritait. La sévérité de M. Goëthe l'empêcha, toutefois, d'associer son mari au projet qu'elle avait conçu. Wilhelm était un étourdi ; mais il avait du cœur, et la compassion de sa mère devait rendre la leçon plus pénétrante pour lui.

Il venait d'être accordé à M. Varner de donner une seconde représentation ; ce que le père de famille avait refusé par système à ses enfans, un ami devait facilement l'obtenir, et le spectacle était décidé pour le soir même. Madame Goëthe en donna elle-même la nouvelle à Wilhelm, en présence de ses frères et sœurs. En parlant, elle eut soin de ne pas tourner ses regards vers le coupable; et, afin d'éprouver sa délicatesse, elle tira la clé de l'office de son sac, la donna à Wilhelm et lui dit : ce sera toi, mon fils, qui ira chercher la troupe préparée par M. Varner. Je l'ai placée dans l'office depuis le jour de Noël, et j'attendais avec une grande impatience qu'il me fût permis de te faire le plaisir que tu vas ressentir. — Venez avec moi, ma bonne mère, je vous en supplie, répondit Wilhelm à voix basse, il faut absolument que je vous parle.

Madame Goëthe se leva et suivit l'enfant. A peine se trouvèrent-ils seuls, que le coupable fit l'aveu de sa faute en éclatant en sanglots.

— Je le savais, dit la bonne mère, et je venais de tenter cette épreuve sur ta franchise, afin de savoir si ton cœur était accessible au repentir. Tu as répondu à mon attente ; mais il faudra bien du tems pour que je perde le souvenir de ton manque de discrétion. Je veux que ton père ignore tout ceci; s'il apprenait qu'un de ses fils a pu dérober quelque chose dans la maison, tromper-ma surveillance maternelle et enfreindre ses ordres, il te croirait à jamais perdu. Moi, j'ai meilleur espoir, malgré ta faute, et je compte sur ta reconnaissance envers moi, pour t'aider à te corriger.

—Oh! jamais, jamais, il ne m'arrivera rien de pareil, reprit Wilhelm, en élevant ses mains jointes vers sa mère.

—Quand je te privais d'un jeu qui devait te rendre heureux, crois bien, mon fils, que je me soumettais, moi aussi, avec quelque peine aux désirs de ton père; mais lui céder est mon premier devoir, et je n'ai point éludé mes engagemens, parce que je ne transige jamais avec la loyauté. Va, mon enfant, efface de ton mieux la trace de tes larmes, et que personne ici ne soupçonne quelle explication nous venons d'avoir. Ta conduite serait d'un funeste exemple sur tes frères. Elle te perdrait dans l'esprit de ton père. Garde ma clé, et remets chaque chose à sa place; je prendrai les acteurs dans l'office quand viendra l'heure de la représentation. Une preuve de confiance donnée en un pareil instant semblait relever Wilhelm à ses propres yeux. Il pouvait subir sans crainte la séduction des parfums de l'office. Pour rien au monde il n'aurait tou-. ché aux caisses et aux conserves, et se serait même gardé de relever un pruneau s'il l'avait trouvé à terre. Madame Goëthe ne demanda pas non plus à son fils s'il avait rempli son message avec honneur : le contraire n'était pas admissible.

Le théâtre était remonté : le public, aug-. menté par de nombreuses invitations faites aux camarades des jeunes garçons, aux amies de leurs sœurs, reprit place devant la façade imposante de l'enceinte de la représentation. M. Varner obtint, avant le lever du rideau, la permission de faire voir la troupe à Wilhelm. Il croyait lui causer une vive surprise, répondre à un souhait long-tems contenu, la désobéissance de Wilhelm changeait en une nouvelle leçon le plaisir qu'un ami cherchait à lui procurer.

Des deux côtés de la scène, en dedans des coulisses, les marionnettes destinées à la pièce étaient suspendues sur un fil tendu en travers, et placées dans l'ordre où elles devaient paraître. Une nouvelle boîte laissait encore entrevoir une troupe plus fraîche, plus brillante mille fois que celle préparée pour la pièce de Saül; mais puisqu'on n'appelait pas son attention sur cette réserve, Wilhelm en détourna discrètement les yeux, et revint prendre sa place parmi les spectateurs.

Des cris de joie, des applaudissemens unanimes accueillirent les héros déjà connus; après la représentation de Saül, M. Varner annonça que la tragédie israélite allait être suivie d'une nouvelle pièce, dont il distribua le programme en même tems.

LE

JAM-E-JAM NUMAI

ou

MIROIR MAGIQUE.

PIÈCE FÉÉRIQUE.

———

PERSONNAGES.

LE ROI.
Le Prince PAPILLON.
Le Chevalier BELLE-ÉPINE.
Le Génie.
La Fée ÉCREVISSE.
La Princesse ÉGLANTINE , Fille du Roi.
DRAGONNE , Fille du Génie.
La Reine ABEILLE.
La Nourrice d'Églantine.
La Brebis , Nourrice de Dragonne.
La Chèvre , sa Gouvernante.
Courti-ans. — Danseurs.
Le Chat , la Souris , et le Serin de la Princesse.

Tu iras aussi donner à manger à mes Aigles
et à mes Lions.

ACTE PREMIER.

SCÈNE PREMIÈRE.

Une forêt et une grotte. Des animaux sauvages.
— Dragonne arrive sur un char traîné par
des lions; descend et s'assied sur un tertre
de gazon.

DRAGONNE, LE GÉNIE.

DRAGONNE seule.

Décidément, je m'ennuie ici toute seule,
et il faut que mon père m'amène quelqu'un
pour me tenir compagnie. La chasse me fatigue; les rugissemens des lions, les cris de
tous les animaux sauvages ne sauraient me
distraire. Mon père n'est jamais près de moi.
Il m'a promis de me marier bientôt : je vais
le prier de s'en occuper au plus vite, car
cette solitude m'est insupportable.

(Elle appelle.)

Zabular! Zabular!

(Un corbeau descend des arbres.)

Va-t-en, à tire d'aile, appeler le Génie
ton maître. Dis-lui que je suis malade de
tristesse; et que, s'il ne me rapporte pas
quelque présent nouveau capable de m'in-
téresser, je serai morte avant trois jours.

(Le corbeau croasse et s'envole.)

Puisqu'on m'assure qu'il y a des êtres
semblables à moi, je veux en voir quelques-
uns dans mes forêts, au milieu des lions et
des tigres : cela m'amusera, surtout s'ils
ont peur.

(Le corbeau revient.)

Déjà, Zabular! Est-ce que tu as rencontré
mon père?

(Le corbeau croasse.)

Ah! je le vois dans les nuages, son char
s'abaisse; comment vais-je le recevoir? Ce
sera selon ce qu'il me rapportera et la bonne
volonté qu'il va mettre à me sortir d'ici.

*(Le char du Génie s'abaisse; il est tiré par deux
aigles.)*

LE GÉNIE.

. Bonjour, ma fille. Le chagrin que tu avais commence-t-il à se calmer ? Es-tu contente des modes que je t'ai envoyées de Chine , afin que tu puisses t'habiller comme les princesses de ce pays ?

DRAGONNE.

Vous voyez bien que j'ai préféré ma couronne de plumes et mes vêtemens de peaux à ces sottes parures. D'abord je ne savais comment m'y prendre pour les mettre sur moi , et d'impatience j'ai déchiré en pièces les robes d'étoffe brochées d'or , les tissus à fleurs.

LE GÉNIE.

Tu es toujours aussi emportée ; mais il n'y a pas grand mal à cela. Cependant tu sauras que tu as détruit en un instant l'ouvrage que cent ouvriers avaient mis plus d'un an à faire. C'étaient les présens que l'empereur comptait offrir à l'impératrice de Chine pour son couronnement. Je les ai vus exposés dans une salle du palais, et aussitôt je m'en suis emparé pour toi. La consternation qui a régné à la cour après la disparition de ces objets, ne saurait se rendre. Les soupçons tombaient sur tout le monde ; et après avoir fait battre tous les serviteurs, jusqu'à ce que plusieurs en restassent morts sur place, ce moyen n'ayant amené aucune découverte, les grands officiers, leurs femmes, ont presque tous été disgraciés, et le mariage est remis jusqu'au tems où ce malheur sera réparé.

DRAGONNE riant.

Voilà qui est très-singulier, en effet ; mon désir de voir ces gens-là en est augmenté : il faut, mon père, que vous me conduisiez en Chine.

LE GÉNIE.

Demande-moi de t'apporter le monde entier ici, ma chère Dragonne ; mais jamais je ne saurais t'exposer aux risques que tu cours en quittant tes forêts.

DRAGONNE.

Mes forêts ! j'en suis lasse : il me faut des êtres humains auxquels je puisse parler. Vous vous absentez toujours, et je m'ennuie.

LE GÉNIE.

Fille ingrate ! que puis-je donc faire pour
te persuader de conserver tes jours ? Je te
l'ai sans cesse répété, la fée Écrevisse est
notre ennemie; son naturel emporté la rend
très-dangereuse; et du moment où tu verras une rivière, un lac ou un ruisseau, tu
tomberas en la puissance de cette femme.
Ici rien ne saurait te nuire. Je t'ai soumis
les animaux les plus féroces, tu possèdes
une forêt de sept lieues d'étendue; ta grotte
peut devenir un palais si tu le souhaites ; tu
chasses, tu te promènes dans ton char ; à
ton moindre commandement tu es obéie :
que te faut-il de plus?

DRAGONNE.

Je suis sûre que les filles de mon âge
jouissent dans le monde de mille plaisirs
que j'ignore; et quand même je devrais
mourir après, mon parti en est pris, je sor-
tirai d'ici. La chasse m'est devenue insupportable, les sots animaux qui m'environ-
nent me lassent par leur docilité. Je veux
commander à mes pareils, voilà ce qu'il me
faut.

LE GÉNIE.

Ma fille, j'avais prévu ce malheureux jour, et ma tendresse inquiète a tout fait pour écarter de toi une si funeste résolution. Aujourd'hui, encore, je reviens ici, chargé du plus précieux trésor que jamais roi, princesse, fée ou génie, aient possédé : c'est le Jam-e-Jam Numai, ou le miroir de l'univers. Un devin en fit autrefois présent au grand Cyrus, et ce miroir servait au roi à pénétrer tous les secrets de ses ennemis aussi bien que ceux de ses sujets; car la glace fidèle lui représentait tour-à-tour tout ce qu'il souhaitait de voir sur la terre entière, en quelque endroit que ce fût.

DRAGONNE.

Donnez donc vite votre miroir, mon père. Ah! je vais peut-être m'amuser.

LE GÉNIE.

Il m'a fallu dix années de travail pour la recherche de cet incomparable talisman : puisse-t-il servir à ton bonheur!

DRAGONNE.

Sans doute je vais être heureuse; mais que je voie tout de suite le Jam-eJ-am Numai.

LE GÉNIE.

Crois-tu que je l'aie apporté à travers les airs? Si quelque fée ou génie m'avait rencontré, il m'aurait fallu livrer un combat pour la défense du miroir , objet des recherches de toute la féerie.

DRAGONNE.

Quand donc l'aurai-je?

LE GÉNIE.

Tu vas le trouver dans ta grotte, car c'est là que j'ai ordonné à des taupes de le conduire par-dessous terre depuis la Tartarie.

DRAGONNE.

Des taupes n'arriveront jamais, je vais mourir d'impatience. Quoi! vous n'auriez pas pu, par affection ou par pitié pour moi risquer une lutte avec quelque chétive puissance des airs?

LE GÉNIE.

Ma fille, prends garde que ma tendresse se lasse?

DRAGONNE.

Voulez-vous me menacer de m'abandonner? Allez, je ne manque pas de courage ;
et si vous n'aviez pas fermé votre forêt
comme vous l'avez fait, il y a long-tems que
je ne serais plus ici.

LE GÉNIE.

Moi! qui peux faire trembler les rois de
la terre, qui domine une foule de génies,
je viens ici pour me soumettre aux capri-
ces d'un enfant!

DRAGONNE.

Est-il possible de me faire des reproches,
à moi, déjà si malheureuse?

LE GÉNIE.

Ma chère Dragonne, deviens raisonnable, je t'en conjure! Tu crois que tu dois
attendre long-tems le miroir de l'Univers ;
tu te trompes, ma fille : j'ai calculé le jour
de l'arrivée de mes messagères, et je suis
venu en même tems qu'elles.

DRAGONNE.

Oh! donnez-moi donc bien vite ce trésor.

LE GÉNIE.

Tu vas voir de combien de maux sont mêlées les jouissances des habitans de la terre, et tes observations te rendront peut-être ta solitude plus supportable. D'ailleurs, ce que tu souhaiterais de posséder ici, je te le procurerai sans difficulté.

DRAGONNE.

Quand même ce seraient des personnes ?

LE GÉNIE.

Oui, sans doute; il ne me reste plus qu'une recommandation à te faire : garde-toi d'évoquer la fée Écrevisse dans la glace, car aussitôt elle serait ici, et tu tomberais sous sa domination.

DRAGONNE.

Ne craignez rien. Je n'ai nulle envie de la voir. Mon père, je vous aime de toute mon âme.

(Elle court vers sa grotte.)

LE GÉNIE seul.

Je n'ai pas voulu faire de réserve, lui

donner à entendre que mon pouvoir était
limité en cela; car alors elle n'aurait pas
manqué de chercher à mettre ma bonne
volonté en défaut.

DRAGONNE revient avec le miroir entre ses mains.

Je n'y vois rien; vous m'avez trompée.

LE GÉNIE.

Toujours la même impétuosité.

DRAGONNE.

Je vais briser cette glace.

LE GÉNIE.

Gardez-vous en bien, ma fille, et souhaitez plutôt d'y faire passer quelqu'un; alors
le miroir deviendra docile à votre désir.

DRAGONNE.

Vous vous moquez de moi; je ne puis
demander des gens que je ne connais pas.

LE GÉNIE.

Veux-tu voir un combat?

DRAGONNE.

Oui, oui, cela doit être bien beau.

LE GÉNIE.

Regarde.

DRAGONNE.

Quelle multitude d'hommes ! Comment,
il y a tant de monde sur la terre, et je vis
seule ? Où sont les princes, parmi cette
troupe, que je me choisisse un mari ?

LE GÉNIE.

- C'est à quoi je te prie de ne pas penser.

(La toile du fond se lève et, pendant que Dragonne
parle, on voit la scène qu'elle décrit se passer derrière une gaze.)

DRAGONNE.

Comme ils se battent avec fureur. Voilà
un jeune guerrier qui sauve la vie du roi.
Ah ! il est blessé ; on le fait prisonnier ;
mon père, sauvez-le.... Qu'il est brave ; le
voilà dégagé de ceux qui l'environnaient.
Il en a renversé quatre ; les autres se dis-
persent.... La victoire est pour lui.... Il se
jette aux pieds du roi qui le relève et l'embrasse...

LE GÉNIE.

Assez de cela, ma fille ; il vaudrait mieux

5

changer de pays , et voir quelque belle fête.

DRAGONNE continuant.

Il semble très-heureux des promesses que le roi vient de lui faire. Mon père , je veux me marier avec ce guerrier.

LE GÉNIE (à part).

Quelle fatalité !

DRAGONNE.

Employez tout votre pouvoir à le faire venir ici ; c'est là le mari que je choisis.

LE GÉNIE.

Vois encore , ma fille ; cherche bien , avant de te décider.

DRAGONNE.

C'est mon dernier mot.

LE GÉNIE.

Tu as du malheur ; car, hors ce jeune homme , je pouvais te faire épouser qui tu voudrais. Mais celui-ci est protégé par la fée Écrevisse, et le roi , désirant récompenser la valeur qu'il vient de montrer, lui promet sa propre fille en mariage.

DRAGONNE.

Vous avez toujours voulu me persuader
que j'étais la plus heureuse créature de la
terre, et, au contraire, il n'en est pas de
plus misérable. Vous vous vantez d'être un
génie tout puissant, et une fée vous inti-
mide..... Allez, je n'ai pas besoin de votre
secours.

LE GÉNIE.

Ingrate ! au moment où je mets en ta
possession un talisman inutilement re-
cherché par tous mes pareils, tu me parles
ainsi.

DRAGONNE.

Vous m'avez promis de ne jamais me
contrarier, et la première chose importante que je vous demande, vous me la
refusez.

LE GÉNIE.

Je t'en accorde une qui est mille fois au-
dessus, mais au lieu de te fàcher, continue
à regarder dans le miroir de l'univers.

DRAGONNE.

Et vous rassemblerez autour de moi
ceux que je souhaiterai d'y faire venir ?

LE GÉNIE.

· Pourvu que nous les surprenions isolés,
je t'en donne ma parole.....

DRAGONNE.

Toujours des conditions.....

LE GÉNIE.

Mais ma fille, ma puissance est bornée.
D'ailleurs, si des témoins voyaient s'élever
dans les airs ceux dont nous nous emparons
pour accomplir nos desseins, on saurait
déjà qu'une fée ou un génie, dispose de leur
sort, et comme les fées et les génies ne
sont pas rares de notre tems, on trouverait
à se faire protéger par quelqu'un parmi
eux..... La discrétion nous est aussi nécessaire qu'aux faibles mortels, elle assure
notre repos.

(Pendant que le Génie parle, on voit encore derrière
la gaze la princesse Églantine et sa nourrice ; elle
joue avec un serin, un chat et une souris.)

DRAGONNE.

Voilà une princesse que vous ne me refuserez pas pour prisonnière, et je saurai

guetter le moment favorable pour l'enlever.

La toile se baisse.

SCÈNE DEUXIÈME.

Un Officier, LE ROI, ÉGLANTINE, la Nourrice, le Chevalier BELLE-ÉPINE, la Cour, le Prince PAPILLON, Troupe de Danseurs ailés.

(Le Roi est sur son trône, entouré d'Officiers, de Dames du palais. La princesse Églantine est auprès de son père, le chevalier Belle-Épine est à la gauche du trône. — Un Officier entre.)

UN OFFICIER.

Sire, un jeune prince, accompagné de la plus brillante escorte, demande à être admis en la présence de votre majesté.

LE ROI.

De quel pays vient-il?

L'OFFICIER.

Du royaume des Papillons dont il est le maître.

LE ROI.

Ah! (*A sa fille*) Vous, Églantine, qui êtes savante, pourriez-vous m'apprendre où sont situés au juste les états de ce prince?

ÉGLANTINE.

Près du royaume des Fleurs.

TOUTE LA COUR.

Quel savoir prodigieux! cela fait pâlir tous les savans! c'est un puits de science.

ÉGLANTINE (bas à sa nourrice qui se tient auprès d'elle).

Si mon chat était ici, nous ne lui verrions pas faire le gros dos.

LE ROI.

Que dites-vous, ma fille?

ÉGLANTINE d'un air embarrassé.

Mon père!

LE ROI.

Nourrice, que vous disait la princesse?

LA NOURRICE.

Votre majesté saura d'abord que ma fille aime beaucoup les animaux, et que, pour flatter ce goût, le chevalier Belle-Épine, votre futur gendre, lui a fait trois présens qui semblent sortir de la main des fées.

LE ROI.

Vous ne nous aviez pas dit cela, chevalier.

LE CHEVALIER BELLE-ÉPINE.

C'est, qu'en vérité, il n'y a pas de quoi en parler.

LE ROI.

Continuez, nourrice, que nous sachions de quoi il s'agit.

LA NOURRICE.

Ma chère Églantine a maintenant en son pouvoir un serin qui parle, une souris qui pénètre partout, et un chat qui fait le gros dos quand il entend des paroles menteuses.

(Les gens de la Cour causent entre eux avec inquiétude.)

C'est une trahison. — Il faudra tuer cette vilaine bête. — Et nous venger du chevalier. — Le mariage ne doit pas s'accomplir.

— Un homme qui fait de tels présens est trop dangereux à la cour.

LE ROI au chevalier.

Comment avez-vous pu acquérir ces merveilles?

LE CHEVALIER.

Pour plaire à la princesse, il ne m'est rien d'impossible. Je savais que son altesse royale aimait beaucoup les animaux et je me suis mis à la recherche de ce qu'on pouvait trouver de plus rare en ce genre.

L'OFFICIER.

Dois-je porter une réponse au prince Papillon?

LE ROI.

Dites-lui que nous le recevrons avec plaisir.

(Le prince Papillon entre; il est précédé d'une troupe de Danseurs ailés, et lui-même a de belles ailes de papillon et un costume à la fois riche et léger.)

LA COUR.

Quel charmant prince! Il va faire les délices de la cour.

LE ROI.

Quelle heureuse circonstance vous amène ici, prince ?

LE PRINCE.

Je reviens avec mon armée de livrer une bataille à la reine Abeille. Nous rentrons vaincus dans nos États, et pour éviter de tomber au pouvoir de nos ennemis, je suis venu, grand roi, implorer votre protection, et une escorte convenable pour la route qui me reste à faire.

LE ROI à part.

La reine Abeille et le prince Papillon, ces souverains-là me sont tout-à-fait inconnus.

(au Prince.)

Quelle cause a pu désunir deux puissances aussi renommées que le prince Papillon et la reine Abeille ?

LE PRINCE.

Sire, je vais vous raconter toutes mes infortunes.

5*

LE ROI.

Veuillez d'abord prendre place auprès
de moi.

LE PRINCE.

Je ne me pose presque jamais à cause
de mes ailes.

LA PRINCESSE ÉGLANTINE (au chevalier Belle-Épine.)

On n'a jamais rien vu de plus ridicule.

LE CHEVALIER.

Je pensais que vous alliez le trouver
charmant.

LE PRINCE PAPILLON.

Sachez donc, grand roi, que, dans mes
États, l'unique affaire est de s'amuser. Mes
sujets naissent tous avec des ailes. Mon
territoire ne produit que des fleurs et des
gazons. Nous vivons sous des bosquets odo-
riférans. La danse, la musique, sont notre
unique affaire, et les seuls états permis
parmi les gens du peuple, sont ceux de pâ-
tissier et de confiseur. Quelques femmes
travaillent à des imitations de fleurs et à

tisser des étoffes brillantes ; mais nous ne
souffrons pas de métiers bruyans, malpro-
pres ou fatigans comme on en voit dans
d'autres royaumes mal administrés.

LE ROI.

Comment !

LE PRINCE se reprenant.

.... Je veux dire moins favorisés par les
fées. Notre prospérité fait envie à nos voisins, et nous avons pour ennemis une reine fort pédante, appelée la reine Abeille.
Pour celle-là, son unique affaire est le travail. Elle oblige ses sujets à se bâtir des
maisons, à avoir des bestiaux, à cultiver
les terres. On n'entend que forge et mar-
teaux dans ses villes ; les jours de fêtes se
comptent parmi les plus rares, et rien ne
fait pitié comme de voir le malheureux peuple de la reine Abeille.

LE ROI.

Comment se fait-il, prince, que vous
puissiez vivre, vous et vos sujets, sans le
labeur ?

LE PRINCE.

C'est là le mesquin sujet de nos querelles
avec la reine Abeille. Des voisins aimables
comme nous méritaient quelques égards.
Nous avons voulu faire un traité par lequel nous nous chargerions de réjouir,
fêter, égayer le royaume des Abeilles, à
charge à eux de nous nourrir. La reine
s'y est refusée avec hauteur. J'ai persisté
dans mes prétentions; la guerre s'en est
suivie... Le sort m'a trahi, et d'ailleurs on
n'a jamais vu faire la guerre d'une façon
aussi ridicule que la reine Abeille. Ses soldats sont armés d'instrumens tranchans,
affreux à voir. Eh! le croiriez-vous, grand
roi, de l'armée que j'avais conduite avec
moi, il n'est plus resté que cette troupe et
ma royale personne qui ayent échappé
au plus humiliant traitement. Elle a fait
couper les ailes à tous les prisonniers, et
ces malheureux êtres disgraciés, n'osent
plus rentrer dans mon brillant royaume.
Vivre sans ailes, vous concevez que c'est
être réduit à une condition avilissante.

LE ROI.

Mais, prince, songez donc que vous êtes ici au milieu d'une cour privée de cet avantage.

LE PRINCE PAPILLON.

Je suis un étourdi, en vérité. La reine Abeille me le disait toujours, quand j'allais la voir comme ami. Il faut même avouer qu'elle prenait un air de minauderie tout-à-fait aimable sur sa longue figure pincée, pour m'adresser ce reproche, et si j'avais été vain j'aurais pu croire que ma personne ne lui déplaisait pas. Mais le prince Papillon ne pouvait pas épouser cette pédante, et nous nous sommes brouillés.

LE ROI.

· En vérité, prince, votre grâce me subjugue : je vous prie de passer quelques jours parmi nous, et après cela je rassemblerai tous les baladins de mon royaume, pour vous remettre sur le trône, qui vous convient si bien. Ma fille, la princesse Églantine, va se marier au chevalier Belle-

Épine que je vous présente. Nous comptons sur vous pour ordonner les fêtes, et y prendre part.

LE PRINCE PAPILLON (bas au roi).

Qu'est-ce que ce chevalier ? Comment , Sire, vous ne prenez pas un prince pour gendre !

LE ROI.

Des prodiges de valeur ont mérité au chevalier cette haute fortune. Il m'a sauvé la vie.

LE PRINCE PAPILLON (haut).

Chevalier , je me déclare votre rival , tous mes soins vont être employés à plaire à la princesse , et je demande au roi de ne pas tenir compte de la promesse qu'il vous a faite, si, dans trois jours, la belle Églantine m'accorde la préférence sur vous.

LE ROI (d'un ton plaisant).

J'y consens de tout mon cœur. Chevalier, je vous plains.

LE CHEVALIER.

Sire, daignez ne pas badiner ainsi; je me

trouve déjà trop peu digne de l'affection de
la princesse, pour ne pas trembler devant
les menaces d'un homme qui s'est fait aimer
de la reine Abeille.

ÉGLANTINE (au prince).

Prince, ne perdez-vous jamais vos ailes?

LE PRINCE.

Malicieuse princesse, vous me forcez à
vous avouer ici la plus cruelle de mes infortunes ; il n'est que trop vrai que deux
fois dans l'année je suis obligé de m'en-
fermer dans une chambre obscure, où je
passe de la physionomie que vous me
voyez au déplorable état d'homme ordinaire; si je ne parvenais pas à me vaincre
dans ces jours-là, malgré moi, je me li-
vrerais au travail ; je me sens une inquiétude de corps et d'esprit , une envie d'agir,
d'étudier; mais je sais dompter ces goûts
vulgaires, et le tems de ma métamorphose
expiré, de nouvelles ailes pointillent sur
mes épaules, elles s'étendent à vue d'œil, et
je reparais plus gai, plus léger, plus brillant
que jamais.

ÉGLANTINE.

Voilà un aveu qui vous fait un honneur infini dans mon esprit.

LE PRINCE.

Moi, d'abord, je suis la franchise même. Tout ce qui me concerne moi et les autres, tout ce qui me passe par la tête, je ne saurais le garder. Souffrez, princesse, que pour jouir de tous mes avantages, je danse devant vous avec ma troupe. (*Au Chevalier.*) Vous le voyez, Chevalier, je ne vous prends pas en traître.

(On exécute un ballet où figure le prince.)

LE ROI (à sa fille).

Que pensez-vous de ce roi des danseurs, ma fille ?

ÉGLANTINE.

Il est fort amusant.

LE ROI.

A travers toutes ses folies, il a fait une réflexion qui m'a frappé.

ÉGLANTINE.

Laquelle, mon père ?

LE ROI.

Votre futur est un simple chevalier !
Toutes les têtes couronnées vont s'indigner
contre moi.

ÉGLANTINE.

Sans le chevalier, mon père, où serions-
nous aujourd'hui ?

LE ROI.

C'est vrai, mais je n'en souffre pas moins
dans mon orgueil.

ÉGLANTINE.

Aimeriez-vous mieux m'unir au prince
Papillon ?

LE ROI.

Ma fille, il porte diadème.

ÉGLANTINE.

Sire, je ne peux pas croire que vous
parliez sérieusement, et si vous me permettez de continuer à plaisanter, je vous
demanderai l'autorisation de vous présenter mon chat, mon serin et ma souris.

LE ROI.

Ce n'est point une réception qu'on puisse rendre publique. Mais, d'après ce que vous m'avez dit de votre chat, j'aurai soin de le mettre en secret, ce conseiller d'un nouveau genre, dans mon cabinet; il sera sous ma table, et je ferai passer devant lui ceux qui se disent ici mes amis les plus dévoués.

(Un Courtisan, qui a prêté l'oreille à cette conversation, répand la nouvelle dans le salon.)

UN MINISTRE.

Nous sommes compromis.

UN GÉNÉRAL.

Cela est dégradant : éprouver notre fidélité avec un chat !

UN COURTISAN.

Le chevalier Belle-Épine l'a donné au roi; c'est lui qui nous perd, du moins je ne crains rien pour moi; mais afin de n'être pas témoin des disgraces qui vont suivre, je demanderai un congé.

UN SEIGNEUR.

Moi aussi !

D'AUTRES PERSONNES.

Je suis votre exemple.

ÉGLANTINE (au roi).

Grace à mon chat, vous n'aurez plus de peine à vous entourer de serviteurs dévoués.

LE ROI.

N'allez pas croire que je renverrai ceux qui me trompent : les connaître, c'est déjà beaucoup ; mais ne se défait pas de ses ennemis qui veut.

ÉGLANTINE.

Vous paraissez fatigué, mon père ; je voudrais que vous missiez fin à cette soirée.

LE ROI.

Bonsoir, ma fille.

(Au prince Papillon.)

Prince, on va vous conduire dans un appartement bien indigne de vous, sans doute ; mais, malgré vos habitudes natales, il ne vous serait pas possible de dormir, pendant nos nuits froides, sous des voûtes de verdure.

LE PRINCE.

Si nous avions des palais, Sire, nous nous y réfugierions aussi quelquefois : la difficulté est de les bâtir.

La toile se baisse.

SCÈNE TROISIÈME.

La chambre de la Princesse.

La Nourrice, les Officiers, LE ROI, un Courtisan, le Chevalier BELLE-ÉPINE.

LA NOURRICE (seule).

En vérité, cette absence commence à m'inquiéter. Je quitte un instant la princesse ; elle était prête à se mettre au lit, et elle a disparu. (*La nourrice appelle.*) Princesse! princesse! ma chère Eglantine!......
Rien.... Je dois décidément éveiller les gens du palais. Holà! gardes, officiers, accourez ici. (*Plusieurs hommes se montrent.*) Avez-vous vu passer la fille du roi ?

LES OFFICIERS.

Non; a-t-elle disparu?

LA NOURRICE.

N'allez pas croire qu'on l'ait enlevée.

LES OFFICIERS.

Une princesse royale...... jamais !

LA NOURRICE.

Et, qui plus est, une fille élevée par moi.

UN OFFICIER.

Mais où est-elle?

LA NOURRICE.

Juste ciel! la fenêtre est ouverte. Cour-
rez voir en bas; passez aussi chez le roi :
on va m'accuser de négligence; n'importe,
il faut que la princesse se retrouve.

(Les officiers sortent.)

Ce petit serin qui parle, pourra sans
doute me dire s'il a vu quelque chose.

(Elle va vers la cage.)

Seigneur Bibi n'est plus là. Je me rappelle qu'Églantine le tenait sur son doigt; la

souris et le chat étaient sur ses genoux : ils
sont partis tous trois.

(Elle retourne vers la fenêtre.)

Est-elle en bas ?

UNE VOIX (d'en bas).

Il n'y a rien.

LA NOURRICE.

Oh malheur ! malheur sur ma pauvre enfant ; la calomnie va l'accabler. Mais où
est-elle ? Quel motif aurait pu l'engager à
partir ? Tout lui souriait ici. Elle allait épouser le chevalier Belle-Épine, du consentement de son père...... C'est inexplicable ; à
moins que quelque fée s'en soit mêlée. Il y
a cependant cent ans qu'on ne parle plus de
ces dames dans le royaume...... Eh ! j'y
pense, ce chat, cette souris, le serin, ce
n'étaient pas des bêtes ordinaires...... Voici
le roi.

LE ROI.

Nourrice, qu'avez-vous fait d'Églantine?

LA NOURRICE.

Sire, croyez bien que je suis innocente,

et mes larmes peuvent vous prouver mon désespoir.

LE ROI.

Toute la Cour accuse le prince Belle-Épine. L'auriez-vous admis ici ?

LA NOURRICE.

Votre Majesté me croirait-elle capable d'un pareil forfait ?

LE ROI.

Ma fille a disparu ; vous ne pouvez pas être innocente à mes yeux.

LA NOURRICE.

Sire, je dois vous dire que le chat, la souris et le serin sont également partis.

UN COURTISAN.

Il est évident que le prince Belle-Épine a employé quelque magie pour s'emparer de notre chère princesse.

LE ROI.

Faites-le arrêter, et qu'on l'amène ici.

(Le courtisan sort.)

(Un garde entre.)

Votre Majesté doit savoir que le prince

Papillon vient de disparaître, et les soldats préposés à sa garde l'ont entendu crier : Ah! mes ailes, mes ailes! comme s'il se plaignait qu'on les lui gâtât; et lorsqu'ils sont entrés, la fenêtre était ouverte et la chambre vide.

LE ROI.

Mon palais est-il devenu la proie des fées ou des génies? Ma puissance ne saurait me garantir de leur colère; mais, du moins, qu'ils se montrent et posent des conditions de paix. Pour ravoir ma fille, je puis donner la moitié de ma couronne.

(On amène le chevalier Belle-Épine enchaîné.)

LE CHEVALIER.

Il est donc vrai, Sire, que notre chère princesse est perdue?

LE ROI.

Si vous n'êtes pas coupable, dites-le, et vos liens tomberont; mais le bruit général vous accusait.

LE CHEVALIER.

Ah! je ne songeais plus à moi, en entrant

ici. Votre Majesté a-t-elle pu croire que la
réputation de la princesse ne m'était pas
plus précieuse que la vie?

LE ROI.

On nous apprend que le prince Papillon
a été enlevé de la même manière; je commence à soupçonner que les fées s'en mêlent.

LE CHEVALIER.

Dieu soit loué! Sire, laissez-moi partir,
et dans peu vous entendrez parler de la
princesse.

LA NOURRICE.

J'étais sûre que le chevalier avait des
amis par-là.

LE CHEVALIER.

Nourrice, apportez-moi le serin de la
princesse, ou bien sa souris.

LA NOURRICE.

Partis avec elle.

LE CHEVALIER.

C'est quelque génie alors qui nous a devinés; donnez-moi le chat.

6

LA NOURRICE.

La princesse avait ses trois animaux auprès d'elle quand je me suis absentée, et un moment a suffi pour les perdre tous ensemble.

LE CHEVALIER.

Un génie puissant a pu seul s'emparer des bêtes-fées que j'avais données à la princesse. Sire, nous sommes trahis, et je ne saurais rien faire si vous me gardez ici. Libre, je pourrais aller parler à la fée Écrevisse, si toutefois je la trouve; car les présens qu'elle m'avait faits étaient les derniers secours que je devais recevoir de sa générosité, à moins qu'en une détresse extrême, j'envoyasse vers elle le serin ou la souris.

LE ROI.

Allez, chevalier, soyez libre; je mets ma confiance en vous.

SCÈNE QUATRIÈME.

(La grotte de Dragonne.)

Les murs sont tapissés de peaux de bêtes féroces ; des flèches, des arcs, des carquois sont suspendus autour de la grotte. Les siéges sont des bancs de mousse encadrés de coquillages.

DRAGONNE, ÉGLANTINE, le prince PAPILLON.

DRAGONNE.

Ah! je vous tiens, ma belle princesse; nous verrons si votre chevalier viendra vous chercher jusqu'ici.

ÉGLANTINE.

Madame, ayez pitié de moi. Je n'ai jamais rien fait qui puisse vous offenser. Laissez-moi retourner à la cour du Roi, mon père.

DRAGONNE.

Aussitôt que vous serez mariée au prince Papillon, et que le chevalier Belle-Épine

sera ici, vous pouvez compter que je ne
vous retiendrai plus. Ce miroir (*elle montre le Jam-e-Jam Numai*), qui m'a servi
à vous découvrir dans votre palais, me
montre les moindres mouvemens de Belle-
Épine. Je suis toutes ses démarches, et s'il
approche d'ici il faudra vous décider, entre
servir de pâture à mes lions, ou bien épouser le prince que voici.

LE PRINCE.

Belle princesse, pouvez-vous hésiter? Le
chevalier Belle-Épine n'est pas né votre
égal. Il a le malheur de danser terre à terre,
tandis que moi je puis m'envoler à plus de
douze pieds de haut, grâce à mes ailes.

DRAGONNE.

Eh bien ! danse donc de ton mieux pour
lui plaire; car le même sort t'est réservé si
tu ne parviens pas à vaincre son obstina-
tion.

LE PRINCE.

Juste ciel ! y pensez-vous, le prince Papillon, un homme qui a l'avantage de porter des ailes et une couronne, par droit de
naissance !

DRAGONNE.

Oiseau babillard, je t'ordonne de garder
le silence.

ÉGLANTINE.

Comment ai-je pu mériter votre colère
et tomber en votre pouvoir ?

DRAGONNE.

Cela te surprend , parce que tu commandais à tout le monde dans ton royaume.
Mais les génies peuvent écraser les Rois
quand bon leur semble, et ici tu n'es plus
qu'une esclave. Pour te le prouver, tu vas
quitter au plus vite tes ornemens et prendre
un costume digne de ta vile condition. Si on
t'a appris à faire la cuisine, je t'emploierai
à préparer mon dîner , à chasser ; car je ne
sais plus faire autre chose que regarder
dans mon miroir ; tu iras aussi donner à
manger à mes aigles et à mes lions.

ÉGLANTINE.

Mais, Madame, dans mon pays les filles de
Rois ne font rien de semblable ; cependant,
pour vous prouver ma soumission, si vous
souhaitez que je travaille, je pourrai vous

broder des robes, orner vos cheveux avec
des fleurs ?

DRAGONNE.

Petite sotte, suis-je de la même nature
que toi, pour descendre à de pareilles fa-
daises? Tiens, voilà bien le mari qui te convient : un brave comme le chevalier Belle-
Épine, doit s'unir à une femme de ma sorte,
et tu voudras bien ne plus songer à lui.

ÉGLANTINE.

Madame, vous êtes maîtresse de ma vie;
mais je ne renoncerai pas volontairement
au mari que mon père m'avait choisi.

DRAGONNE.

Eh bien! moi, j'épouserai le chevalier,
malgré mon père, en dépit de toi, et je te
marierai au prince Papillon, contre ton
gré, parce que la docilité n'a pas le moindre mérite à mes yeux. Allons, suivez-moi
tous deux.

(Elle les emmène et revient quelques instans après,
traînant une grosse cage où sont renfermés le prince,
la princesse, le chat, la souris et le serin.)

DRAGONNE.

Je puis sortir maintenant. Vous n'irez

pas courir la forêt et vous faire dévorer
avant le tems où il me plaira moi-même de
vous sortir de là. Eglantine je vous ai laissé
vos bêtes ; vous pouvez jouer avec elles en
attendant mon retour.

LE PRINCE.

Belle Dragonne, pardon, ce n'est pas pour
vous faire injure , mais vous m'avez dit
que c'était votre nom , vous nous traitez
d'une manière bien inhumaine. Mes ailes
me deviennent inutiles ici , je ne saurais
plus danser et déployer mes grâces devant
Eglantine, comment voulez-vous que je lui
plaise ?

DRAGONNE.

Tu jases fort bien , essaye de ce moyen,
cela te regarde plus que moi.

(Elle sort.)

SCÈNE CINQUIÈME.

LE prince PAPILLON , ÉGLANTINE.

LE PRINCE,

Ne vous affligez pas, chère princesse. Je

suis prêt à obéir aux ordres de Dragonne ;
et pour vous plaire, je puis bien abandonner
mes aimables sujets et consentir à régner
sur le pays où vous êtes née.

(La petite souris s'agite dans la cage.)

ÉGLANTINE.

Moi, prince, j'aime mieux mourir que de
manquer de foi au chevalier Belle-Epine.

LE PRINCE.

Vous dites cela parce que vous ne me
connaissez pas bien, mais je suis le plus
aimable des hommes, le plus élégant des
princes, et jamais aucune femme ne m'a vu
sans souhaiter de m'avoir pour époux. La
reine Abeille en perdait la tête, cette pauvre femme !

ÉGLANTINE.

Si vous pouviez plaire à la princesse
Dragonne, ce serait une fortune plus digne
de vous, votre renommée y gagnerait beaucoup, elle vous laisserait vivre, et me rendrait la liberté.

LE PRINCE.

Je veux bien le tenter, car notre situation est affreuse, et je suis plein de bonne

volonté pour en sortir ; mais si je suis repoussé il faudra que vous m'aimiez. Servir de pâture aux lions ne me sourit pas du tout.

ÉGLANTINE à son chat.

Mon beau chat vous dormez et ne vous inquiétez pas en ce moment de notre changement de position. Mon serin a perdu la parole, et ma petite souris s'agite seule dans la cage, elle ronge la barre de fer. Bon la voilà qui fait un trou ; elle se sauve (*la souris s'échappe*). Va, petite, je ne té retiens plus.

LE PRINCE.

Vous me traitez bien mal, chère princesse, causer avec des animaux au lieu de me permettre de vous parler de ma tendresse.

Ce que je vous propose est pour vous servir, et croyez que je vous trouve de beaucoup au-dessus de Dragonne. Cependant je me sens embarrassé devant cette fière personne, son regard a quelque chose de dur, et puis à une femme qui ne connaît que les lions et les tigres, il est difficile de

6*

faire apprécier mes manières et l'avantage
de ma tournure.

(Le serin se secoue sur son bâton.)

ÉGLANTINE.

Enfin Bibi tu t'éveilles, tu vas peut-être
t'apercevoir que tu as changé de logis.

BIBI (d'une petite voix aiguë.)

Pardonnez-moi, ma chère maîtresse, j'ai
passé ce tems à réfléchir sur notre triste
situation et à chercher les moyens d'en
sortir.

ÉGLANTINE.

Eh bien ! qu'as-tu à me proposer ?

LE PRINCE.

Qu'est-ce cela ? un oiseau qui parle. C'est
quelque prince déguisé. Ah princesse! vous
me jouez. J'ai là un rival, et vous prétendiez faire fi de mes ailes.

LE SERIN.

Au lieu d'écouter ce prince privé de plumage, si j'étais la princesse j'aurais tourné
mes regards vers le miroir placé derrière
la cage.

ÉGLANTINE (se mettant en face de la glace.)

Que puis-je voir là Bibi ?

LE SERIN.

Ce que vous souhaiteriez d'y faire passer.

LE PRINCE (regardant du même côté.)

Miracle, merveille! voici le père de la
princesse et la nourrice qui se lamentent.
La souris entre et passe devant eux. Quelle
vitesse dans sa course. Elle a tout vu et
elle part. Que cherche-t-elle?

ÉGLANTINE.

Elle va sur les traces du chevalier Belle-
Épine.

LE PRINCE.

La scène change. Nous avons une affreuse
campagne devant les yeux. Voilà mon rival, votre chevalier, il se désespère et
court d'un pas rapide.

ÉGLANTINE (pousse un cri.)

Il a marché sur la souris.

LE PRINCE.

Son chagrin égale le vôtre. Le voilà tout
découragé.

ÉGLANTINE.

Je n'ai plus qu'à mourir.

LE PRINCE.

Si toutefois Dragonne ne me préfère pas à votre chevalier. Tenez, je souhaiterais qu'elle le vît dans l'état où il est; ses cheveux sont en désordre, il a perdu la plume de sa toque, son manteau est déchiré, sa chaussure salie par la poussière. Ah! princesse, pouvez-vous me préférer un homme qui a si peu de soin de sa parure.

ÉGLANTINE.

Il vaudrait peut-être mieux pour moi, qu'au lieu de me chercher par toute la terre, il passât son tems à s'habiller et à danser.

LE PRINCE.

Ne faites pas fi d'un talent qui vous sauvera si Dragonne est susceptible de montrer un peu de goût.

BIBI.

Si le chat était bon à quelque chose, il chercherait à rejoindre le chevalier.

ÉGLANTINE.

On me l'a donné pour m'aider à discerner mes amis de mes ennemis, hors cela, je n'ai rien à attendre de lui.

BIBI.

Il peut faire le gros dos ici tout à son aise, cela n'apprendra rien de nouveau. Il est clair que Dragonne et ses animaux ne nous veulent aucun bien.

ÉGLANTINE.

Allons, Bibi, ne vous montrez pas envieux, le tems est passé où vous aviez quelque chose à gagner en l'emportant sur lui.

BIBI.

Je n'ai jamais pu souffrir vivre dans sa société.

LE PRINCE.

Ce petit animal a raison. Un serin ne peut pas rester en sûreté avec un chat. Mais vous, beau parleur, que ne vous mettez-vous en campagne ?

ÉGLANTINE.

Ma nourrice lui a coupé les ailes, je n'attendais de secours que de ma petite souris.

BIBI.

Silence! voilà Dragonne, n'ayez pas l'air
d'avoir regardé dans son miroir.

SCÈNE SIXIÈME.

Les Précédens, DRAGONNE.

DRAGONNE.

Eh bien! êtes-vous décidée, belle Princesse, à épouser le mari que je vous donne?

LE PRINCE.

Si elle jetait les yeux sur moi ce serait en
vain.

DRAGONNE.

Qu'oses-tu dire?

LE PRINCE.

Que depuis que je vous ai vue, la reine
Abeille elle-même me poursuivrait inutilement jusqu'ici. Pourtant, hélas! la digne
princesse n'a épargné ni les prévenances,
ni les fureurs pour me rendre sensible.

DRAGONNE.

Ton jargon m'amuse, tu vas sortir de ta cage et venir causer avec moi.

(Elle va vers la cage et en fait sortir le prince.)

LE PRINCE.

Ah ! je renais. Si j'avais là de mes sujets, je danserais avec eux devant vous pour vous témoigner ma joie et ma reconnaissance.

DRAGONNE.

Danse tout seul, tu m'amuses bien assez comme cela.

LE PRINCE (à part.)

Je ne lui vois pas l'air embarrassé et sévère que savait si bien prendre la reine Abeille.

DRAGONNE.

Tu parles bas. Songe que je ne veux pas perdre une seule de tes paroles. Que disais-tu ?

LE PRINCE.

Je vous comparais à la reine Abeille et...

DRAGONNE.

Si mon père était ici , tu verrais à l'instant cette reine ; mais il a refusé avant de partir, de me dire les mots dont il s'est servi pour vous remettre en mon pouvoir.

LE PRINCE.

La reine Abeille qui a la prétention d'être la plus rigide des femmes, pâlirait en se voyant surpassée par vous en rigueur.

DRAGONNE.

Et telle que je suis , tu me trouves charmante ?

LE PRINCE.

La plus belle de toutes les créatures.

DRAGONNE.

Que le chevalier Belle-Épine pense comme toi, et tu pourras retourner en paix auprès de ton Abeille.

LE PRINCE.

Ah ! vous n'êtes pas généreuse, Madame ; je mourrai de douleur s'il continue à vous occuper.

DRAGONNE.

Et tu seras mis en pâté, si je ne lui plais
pas.

LE PRINCE (à part.)

Je frissonne et perds courage. Il est impossible de soutenir une conversation gra-
cieuse avec une femme qui vous parle
ainsi.

BIBI (tout bas.)

Princesse, je ne perds pas de vue le miroir. Voici le chevalier Belle-Épine qui entre dans cette forêt.

ÉGLANTINE.

A quels dangers il s'expose !

DRAGONNE.

Il y a long-tems que je n'ai consulté le
Jam-e-Jam Numai ; voyons ce que devient
le chevalier ?

(Elle s'approche du miroir.)

(A Églantine.)

Princesse, ton chevalier arrive ; n'ima-
gine pas que tu vas paraître devant lui.
Regarde-le encore ; tiens, voilà les dragons,

les tigres, les ours qui lui barrent le pas-
sage. Il les met en pièces. Va au plus vite
me préparer un repas, comme vous êtes
accoutumés à en faire dans vos palais, et,
avant cela, cache tes habits sous le vête-
ment de peau que je t'ai destiné, tu le
trouveras dans la cuisine qui est ici, à cent
pieds de profondeur sous cette grotte. Et
toi, Papillon, tu peux suivre ta fiancée ;
tu amuseras par tes façons la chèvre et la
brebis qui font habituellement ma cuisine.
Allons, descendez....

(Tous deux suivent le chemin que leur indique Dragonne après avoir ouvert la cage ; le chat sort aussi;
mais il se cache derrière un banc de gazon.)

A présent, je vais aller arrêter le car-
nage que fait le chevalier.

(Elle sort.)

Entr'acte sans baisser la toile.

SCÈNE SEPTIÈME.

DRAGONNE . Le Chevalier.

DRAGONNE.

Savez-vous, Chevalier, que nul autre

que vous n'aurait massacré impunément mes animaux favoris, et il faut certainement que vous soyez doué pour avoir su leur résister. Venez vous reposer ici, et croyez que je suis heureuse de vous y recevoir.

LE CHEVALIER.

En vérité, Madame, votre bonté me rend confus, et j'ai tout le regret possible d'avoir dépeuplé vos États ; mais j'ai entrepris un voyage par toute la terre pour chercher une princesse que j'allais épouser, et qui m'a été enlevée par une fée. Du moins, je dois le penser.

DRAGONNE.

Vous n'en avez pas la certitude ?

LE CHEVALIER.

Non, et je gémis sur le sort de ma chère princesse.

DRAGONNE.

Ici, on n'entend parler de rien de ce qui arrive dans le monde. Cependant, j'ai vu passer hier autour de la forêt deux jeunes gens bien singuliers : c'étaient un prince et une princesse qui paraissaient être dans le meilleur accord du monde. La demoiselle s'appelait Eglantine, le jeune homme ressemblait à un papillon. Il en avait les ailes, et parlait le langage le plus frivole.

LE CHEVALIER.

Vous dites que la princesse paraissait heureuse de son voyage ?

DRAGONNE.

Je puis appeler en témoignage ma vieille gouvernante qui était avec moi. C'est une chèvre fort instruite que mon père a douée de la parole tout exprès pour qu'elle pût m'élever.

LE CHEVALIER.

Me voilà le plus malheureux des hommes. Cette Eglantine est la princesse que je cherche. Je la croyais partie sans son consentement.

DRAGONNE.

C'était là sans doute ce qui la faisait rire de si bon cœur.

LE CHEVALIER.

Elle riait...! Et moi, qui ai bravé tant de

périls pour la secourir ; ah ! Madame, je
suis bien à plaindre.

*(Le chat passe devant le Chevalier en faisant le gros
dos.)*

.... Quel est ce chat ? je le reconnais , il
appartient à Eglantine. Madame, vous re-
tenez sans doute ma princesse captive, et
vous me trompez sur son sort.

DRAGONNE.

Chevalier, je ne suis pas habituée à être
contredite, et je vous ai déjà affirmé que ma
chèvre et moi nous avions vu votre princesse passer près d'ici avec un air très-sa-
tisfait.

(Le chat se montre encore faisant le gros dos.)

LE CHEVALIER.

.. Les chèvres sont menteuses de leur naturel, et je le répète, Madame, ce chat appartenait à ma princesse, il n'a pas pu la
quitter. Ainsi, Eglantine n'est pas loin de
ces lieux.

DRAGONNE.

Est-ce ainsi, Chevalier, que vous recon-
naissez mes bontés ? Il est tems que je vous

fasse savoir chez qui vous êtes. Je suis Dragonne, la fille du Génie de cette forêt, et
songez bien que si votre princesse était en
mon pouvoir, il serait imprudent à vous
d'exciter mes ressentimens.

LE CHEVALIER.

Eh bien! Madame, mettez votre clémence à prix. Imposez-moi tous les travaux que vous voudrez pour la délivrance
de ma chère princesse.

DRAGONNE.

Un guerrier tel que vous doit choisir une
femme d'un caractère mâle.

LE CHEVALIER.

La douceur et la timidité d'Eglantine
sont précisément ce qui me charme en
elle.

DRAGONNE.

Vous ne la reverrez jamais.

LE CHEVALIER.

Alors, Madame, redoutez ma vengeance.

DRAGONNE.

Si vous vouliez m'entendre, peut-être cesseriez-vous bientôt d'être aussi en colère.

LE CHEVALIER.

Parlez donc, Madame; mais, surtout, dites la vérité; car je ne me suis jamais laissé tromper par un mensonge.

DRAGONNE.

Eh bien ! la vie de la princesse Eglantine est en votre pouvoir.

LE CHEVALIER.

Accordez-moi la faveur de revoir Églantine, et je me dévoue pour jamais à votre service.

DRAGONNE.

Ecoutez-moi : vous pouvez penser, d'après la demeure que j'habite, que mon genre de vie ne ressemble en rien à celui des filles ordinaires. J'ai toujours été seule ici avec ma chèvre et ma brebis. Mon père arrive de tems en tems auprès de moi; mais ses visites deviennent plus rares et plus

courtes depuis quelques années. L'ennui
s'est emparé de moi, et j'ai voulu sortir
de mes forêts. Nous avons une ennemie puissante appelée la fée Écrevisse : ici, je suis
hors de ses atteintes ; et ma perte serait inévitable si je quittais ce lieu. Pour me distraire de ma solitude, mon père m'a apporté,
l'autre jour, un talisman, objet d'envie
pour toutes les fées, le Jam-e-Jam Numai
où se réfléchit à volonté tout l'univers. Je
vous ai vu dans cette glace, et, dès-lors, j'ai
déclaré que vous seriez mon mari.

LE CHEVALIER.

Est-ce là ce qui vous a rendue l'ennemie
de ma princesse ?

DRAGONNE.

Précisément. Le prince Papillon sera
pour elle un époux très-convenable ; vous,
votre sort est fixé : vous régnerez dans mes
forêts.

LE CHEVALIER.

L'honneur que vous voulez me faire est
au-dessus de moi. De grâce, rendez-moi la
liberté. Ma parole est engagée ; j'aime la

princesse Églantine : vous ne sauriez être heureuse de notre infortune.

DRAGONNE (avec fureur).

Misérable, tu vas voir ce que tes refus te méritent. Attends-moi, je te ramènerai ta princesse.

SCÈNE HUITIÈME.

LE CHEVALIER, le Chat.

LE CHEVALIER (seul).

Que va-t-elle faire? Comment secourir ma chère princesse? Du moins, je vais la voir. Mourir avec elle, serait une consolation dans notre malheur. Oh! les fées et les génies à quoi servent-ils, si ce n'est à troubler le bonheur des simples mortels?...... Mais, tout à l'heure, la princesse m'a parlé du miroir que ma marraine cherche par toute la terre. Pour posséder le Jam-e-Jam Numai, la fée Écrevisse donnerait jusqu'à sa baguette. Si je le lui apporte, elle m'a promis de m'accorder tout ce que je lui demanderais.... Où peut-il être? et la fée elle-

7

même, comment la retrouver, depuis que
j'ai tué la petite souris sa messagère ?

(Le chat saute devant le miroir.)

Ah! je reconnais le Jam-e-Jam Numai, à
la description que m'en a faite la fée Écrevisse.

SCÈNE NEUVIÈME.

DRAGONNE, la Chèvre, la Brebis, ÉGLAN-
TINE, le prince PAPILLON, le Serin, le
Chevalier.

(Dragonne amène Papillon et Églantine enchaînés. —
La Chèvre, marchant sur deux pieds, ainsi que la
Brebis, arrivent, elles portent des manteaux de laine
blanche qui les enveloppent et ne laissent passer
que leurs têtes et leurs pieds de devant. Églantine
est vêtue d'un manteau de laine grise : le Chevalier
Belle-Épine court vers elle.)

DRAGONNE.

Oui, tu peux lui faire les adieux, ingrat
chevalier; elle va subir le traitement qui
lui revient pour sa noire perfidie.

LA CHÈVRE.

Si j'ai encore ma peau, ce n'est pas à

cette jeune fille que je dois en avoir l'obligation.

LA BREBIS.

Sans votre prudence, ma chère dame, nous étions perdues.

DRAGONNE.

Un complot horrible et qui sera puni comme il le mérite.

ÉGLANTINE (voyant le chevalier).

Ah! quel bonheur de pouvoir vous dire adieu avant de mourir.

LE PRINCE PAPILLON (au chevalier).

Chevalier, vous me voyez victime de la plus indigne calomnie. Ces belles dames que voici (*il montre la chèvre et la brebis*) nous avaient confié, à la princesse et à moi, le soin de préparer le souper de leur maîtresse, d'une chasse splendide; mais quels ragoûts préparer avec des loups, des écureuils, du renard et un éléphant? Nous restions consternés devant notre tâche. La princesse n'osait pas se servir de l'énorme couteau qu'on lui avait donné; elle me re-

gardait d'une façon piteuse, je n'étais guère
moins déconcerté.

ÉGLANTINE.

N'en dites pas davantage, prince, je vous
en conjure.

(Le petit serin arrive en sautillant ; il se perche sur
l'épaule d'Églantine.)

LE SERIN.

Ce n'est pas le prince qui a parlé de tuer
la chèvre et la brebis; c'est moi qui ai donné
ce conseil.

LA BREBIS.

Qu'est-cela ? un serin qui s'avise aussi de
parler ; alors j'aime autant retourner à mon
premier langage, et me contenter de bêler.

LA CHÈVRE.

Nous lui tordrons le cou.

DRAGONNE.

Ah ! c'est toi qui voulais engager tes
maîtres à tuer ma chèvre et ma brebis, et
à se sauver sous leur peau. Comme tu me
parais assez rusé, je te fais grâce de la vie :
tu resteras ici, enfermé dans une cage.

LE PRINCE.

Puisque nous sommes justifiés, Madame, vous allez renoncer à votre funeste projet.

LA CHÈVRE.

Non , non , qu'ils soient livrés aux bêtes !

LA BREBIS.

C'est aussi mon opinion.

DRAGONNE.

Bien, mes sages conseillères. Allez donc chercher les tigres les plus féroces de ma ménagerie, et amenez-les ici. Quant à vous, chevalier Belle-Épine, pour cette fois encore je vous prends sous ma protection , il ne vous arrivera aucun mal.

LE CHEVALIER.

Madame, la mort me sera plus douce avec Églantine que de vivre auprès de vous.

LE PRINCE PAPILLON.

Mais moi, Madame, je suis innocent de tout ceci et plus que jamais décidé à vous offrir mes hommages.

DRAGONNE.

Si le chevalier Belle-Epine consent à votre mariage et qu'il me promette de m'aimer, je peux encore vous faire grâce.

ÉGLANTINE.

Chevalier, la mort ne m'effraie pas.

LE CHEVALIER (à Dragonne)

Assouvissez votre haine, Madame, personne ne vous demane grâce. Adieu, ma chère princesse, je vais tâcher de mourir avant vous.

DRAGONNE.

Non, je ne le souffrirai pas, tu la verras mettre en pièces sous tes yeux.

LE CHEVALIER.

Créature barbare. Quel châtiment serait digne de toi.

LE PRINCE PAPILLON.

En vérité il est absurde de me condamner avec eux, moi qui ai montré la meilleure volonté du monde pour obéir à chacun.

DRAGONNE.

Voici les tigres.

(Le serin se perche sur l'épaule du Chevalier et lui
parle bas.)

LE CHEVALIER.

Nous sommes sauvés.

(Il court vers le miroir.)

(La Brebis et la Chèvre entrent tenant chacune un
Tigre en laisse. Églantine jette un cri de terreur et
tombe évanouie. Le prince Papillon voltige d'un air
effaré.)

LE CHEVALIER (tout haut devant le miroir).

**Fée Écrevisse ma marraine, j'ai trouvé le
Jam-e-Jam Numai, venez vous en emparer.**

DRAGONNE.

**C'est une trahison. Agissez mes tigres....
Ah ! je suis perdue ! Mon père, au secours...**

SCÈNE DIXIÈME.

La fée ÉCREVISSE, ÉGLANTINE, LE ROI,
la Nourrice, le Chevalier, la reine ABEILLE.

(La toile du fond se lève. — La fée Écrevisse paraît
au milieu de la Cour la plus brillante. — Elle est
vêtue de rouge ; sa tête est couverte d'un voile blanc
brodé en or. Elle tient une baguette et s'avance vers
Dragonne.)

LA FÉE ÉCREVISSE.

Méchante créature ! tu as voulu attirer ici
des humains, et ta férocité allait se donner
un spectacle digne d'elle. Reprends ta forme première, redeviens lionne.

(La métamorphose s'accomplit.)

Ton père ne pourra plus rien pour toi.
Je t'avais condamnée à naître lionne, les
artifices du génie t'ont affranchie de cet
état. Rugis à ton aise, te voilà telle que tu
dois être.

(La lionne se sauve.)

LA FÉE (à la princesse et au chevalier).

Et vous, mes enfans, soyez heureux,
tout ce que vous demanderez, la fée Écre-

visse vous l'accordera. En lui donnant le
Jam-et-Jam Numai, vous rendez son pouvoir au-dessus de tout obstacle.

ÉGLANTINE.

Je voudrais que mon père et ma nourrice
fussent ici.

(La Fée lève sa baguette; le Roi et la Nourrice entrent.)

LA FÉE.

Sire, voilà votre fille, vous devez sa vie
au chevalier Belle-Epine , mon filleul.

LE ROI (embrasse ses enfans).

Qu'ils reviennent dans le royaume que
je leur cède. Ma couronne sera le prix des
services du chevalier.

LA NOURRICE.

Le voyage ne sera pas long, si vous nous
renvoyez comme nous sommes venus. J'é-
tais bien sûr que les fées se mêlaient de nos
affaires.

ÉGLANTINE.

Mon père, ma bonne nourrice, quel bonheur de vous revoir.

7*

LA FÉE (à Églantine et au chevalier).

Allez, mes enfans, prendre des vêtemens
convenables à la solennité qui s'apprête,
vous les trouverez ici près. Mes pages vous
habilleront, chevalier. Eglantine sera servie
par mes filles d'honneur.

LE ROI (à la fée).

Je suis heureux d'allier ma fille au gendre
que vous me présentez.

LA FÉE.

Vous auriez préféré un prince, je le sais.
La dot que je donnerai à mon filleul vau-
dra mieux qu'une lignée royale. Son trésor
toujours rempli ne pourra jamais s'épuiser
tant qu'il fera un digne usage de mes
bontés.

LE ROI.

Mon gendre sera le plus heureux monarque de la terre.

(Le Chevalier et Églantine reviennent en se donnant
la main. Le Chevalier est habillé en satin blanc avec
un manteau de velours bleu et argent : il a une toque
à plumes blanche et bleu. La Princesse est vêtue d'une
robe de crêpe brodée en argent ; elle a une couronne
d'or d'où pend un voile de tulle.)

LA NOURRICE.

Qu'ils sont beaux ainsi !

LE ROI.

Mes chers enfans, je vous bénis du fond
de mon cœur.

LE PRINCE PAPILLON (à la fée).

Je vous en fais mon compliment, Madame;
ces costumes sont charmans, du meilleur
goût, vous complèteriez leur bonheur si
vous pouviez leur donner des ailes.

LA FÉE.

Qui êtes-vous, Monsieur ?

LE PRINCE.

Le prince Papillon.

ÉGLANTINE.

Il s'est trouvé mêlé à toutes nos infortunes, je souhaiterais qu'il pût prendre part
à notre bonheur.

LA FÉE (au prince).

Que puis-je faire pour vous ?

LE PRINCE.

Me rendre mon royaume, y faire naître

spontanément des villes, des manufactures,
des productions territoriales, en un mot,
toutes les futilités dont on s'occupe chez
les peuples qui n'ont pas d'ailes.

LA FÉE (riant).

La demande est présomptueuse. Et si j'ac-
complissais vos désirs, quelle garantie me
donneriez-vous que vous sauriez conserver ce que j'aurais créé ?

LE PRINCE.

Pour moi, je ne m'occuperai jamais de
cela. Mais si j'offrais ma couronne à la reine
Abeille, elle se tirerait de là sans peine.
Mais, hélas! la pauvre femme est peut-
être morte de chagrin depuis mon absence.

LA FÉE.

Le Jam-e-Jam Numai va nous dire cela.

Elle consulte le miroir et dit :

La reine Abeille, entourée de ses femmes,
est occupée, en ce moment, à auner de
la toile, et d'un coup d'œil elle surveille
des confitures qui cuisent. C'est vraiment
une femme d'un ordre parfait. La ferons-

nous venir ici pour connaître son opinion
sur vous ?

LE PRINCE.

Qu'elle arrive au plus tôt (*à la princesse*);
vous allez voir, belle Églantine, si cette
reine a su m'apprécier.

(La reine Abeille arrive. Elle est habillée en jaune,
avec un bonnet à grandes barbes; elle a un tablier
noir devant elle et sa demi aune à la main, des ci-
seaux attachés à son côté par une chaîne.)

(La Fée oblige le prince Papillon à se cacher.)

LA REINE ABEILLE (d'un ton sentencieux).

Où suis-je ? et par quel pouvoir me vois-
je subitement arrachée à mes travaux domestiques, dont le soin m'est aussi précieux
que l'administration de mes états ?

ÉGLANTINE (à part au chevalier).

C'est une idée charmante d'unir cette
précieuse au ridicule prince Papillon.

LA FÉE.

Pardonnez-moi, Madame, d'avoir troublé vos graves occupations; mais j'ai voulu
offrir, en vous, à la princesse Églantine, le
modèle des femmes industrieuses.

LA REINE ABEILLE.

Je sens bien que je suis au pouvoir d'une
puissante Fée. La bonne opinion qu'elle a
de moi satisfait mon amour-propre. Mais
j'ai grand'peur que mes confitures brûlent
pendant que je suis ici.

LA FÉE.

D'un coup de baguette je les remplacerai.

LA REINE ABEILLE (à part).

Elle croit cela, des confitures faites comme
les miennes, la montre en main, les fruits
et le sucre pesés. Ces Fées ne doutent de
rien.

LA FÉE.

N'admettez-vous pas que mon pouvoir
aille jusque là?...

LA REINE ABEILLE.

Nos procédés sont si différens.

LA FÉE.

Il ne s'agit pas de cela, et, sur ce point,
nous nous entendrons les preuves en main.

ÉGLANTINE (au chevalier).

La Fée est d'une humeur charmante.

LE CHEVALIER.

Elle se moque de la reine avec une adresse extrême.

LA FÉE (à la reine).

On dit, Madame, que vous n'avez pas pu jusqu'ici consentir à prendre un époux.

LA REINE.

Les demandes ne m'ont pas manqué, vous pouvez le croire ; mais je craignais qu'en partageant mon pouvoir, un Roi vou-lût changer quelque chose à mes habitudes économiques ; ce motif m'a fait repousser tous mes soupirans. Il en était un cepen-dant, le plus étourdi des princes, je déplore encore sa perte, le prince Papillon, mon voisin ; il possède des terres étendues et fertiles, mais n'en tire aucun parti. Et même ses sujets, ainsi que lui, venaient butiner dans mes États. Le prince me fai-sait une cour assidue ; je serais peut-être parvenue à le rendre raisonnable, malgré ses ailes, lorsque ses sujets ont commis des dégâts intolérables sur mes terres. Mon parti a été pris, j'ai fait la guerre. Le

royaume de Papillon est maintenant an-
nexé à mes États, et l'aspect en est complé-
tement changé. A la place des jardins natu-
rels, on voit des villes, des champs fertilisés,
les forêts tombent sous la hache.

LE PRINCE PAPILLON (sans se montrer).

O ciel !

LA REINE ABEILLE.

Qui a jeté ce cri? J'ai cru reconnaître la
voix du prince.

LA FÉE.

Vous êtes sûrement dans l'erreur. Avez-
vous eu de ses nouvelles?

LA REINE.

Jamais, hélas !

LA FÉE.

Et s'il revenait vers vous, toujours aussi
épris de votre personne?

LA REINE.

Par bonté, je lui accorderais la moitié de
ma couronne, un revenu fixe et l'administration des théâtres, fêtes publiques, galas
de cour.

LA FÉE.

Très-bien pensé. Venez donc prince.

LE PRINCE PAPILLON.

Adorable reine, je me prosterne à vos pieds.

LA REINE.

Si je vous avais su là, je ne me serais pas prononcée aussi vite.

LA FÉE.

Je puis encore faire quelque chose pour vous ; il dépend de moi, en ôtant les ailes du prince, de le rendre aussi sage qu'il est frivole.

LE PRINCE.

De grâce, digne fée, n'attentez pas de la sorte à mes avantages personnels.

LA FÉE.

Que la reine se prononce.

LA REINE (hésitant).

Je le trouve charmant ainsi.

LA FÉE (à la reine).

Allons, je le vois, vous vous sentez assez de raison pour deux.

LA REINE.

J'ose l'espérer.

LA FÉE.

Retournez donc tous deux dans vos
États, je ne vous retiens plus.

LE PRINCE (à Églantine).

Si vous l'aviez voulu, princesse......

LA REINE ABEILLE.

Pas de légèretés, je vous prie ; vous savez que je suis jalouse.

(Ils disparaissent.)

LA FÉE.

Maintenant, mes enfans, restons en famille, et ne songeons plus qu'aux fêtes de
votre mariage.

La toile se baisse.

LE ROI LEAR.

NOMS DES PERSONNAGES.

LE ROI LEAR, Roi de la Grande-Bretagne.

LE ROI DE FRANCE.

LE DUC DE CORNOUAILLES, } Gendres du
LE DUC D'ALBANIE, } roi Lear.

LE COMTE DE GLOCESTER.

LE COMTE DE KENT.

EDGARD, } Fils du comte de Glocester.
OSWALD, }

LE FOU.

GONERILLE, }
RÉGANE, } Filles du Roi Lear.
CORDÉLIA, }

Chevaliers, Gardes, Officiers, Pages, Soldats et Suite.

NOTA. — Nous avons emprunté à Sakespeare les inspirations de cette pièce de notre Théâtre des Marionnettes; mais nous n'avons pas plus eu le dessein de le reproduire que nous n'avons la prétention de voir jouer nos pièces par des acteurs réels. Donner une forme intelligente à l'un des amusemens familiers aux enfans, est notre seul but, notre unique ambition.

Je te quitte, fille dénaturée, ma malédiction planera sur ta tête.

ACTE PREMIER.

SCÈNE PREMIÈRE.

Le Cabinet du Roi.

LE ROI, LE COMTE DE KENT.

(Tous deux sont avancés en âge; le Roi est de beaucoup
plus âgé que son Conseiller.)

LE ROI.

Comte de Kent , tu as toujours été mon
bon et loyal serviteur ; je veux me confier
à toi aujourd'hui pour te faire part de mes
projets.

KENT.

Mon souverain peut compter sur mon
dévoûment et sur ma discrétion.

LE ROI.

L'âge pèse sur moi, mon vieil ami , et,
selon le cours ordinaire de la vie humaine, il
y a long-tems que j'aurais dû céder, par ma
mort , le trône à un héritier. Je sens que
mes facultés s'affaiblissent, le poids d'une
couronne devient trop lourd pour mes che-

veux blancs, et je veux récompenser la
tendresse de mes filles en partageant, dès
aujourd'hui, mon royaume entre elles.

KENT.

Gardez-vous, ô mon roi! de vous dépouil-
ler de la grandeur que vous tenez des dieux,
et restez, jusqu'au dernier jour, le chef et
le père de vos sujets.

LE ROI.

J'ai besoin de repos, Kent; il me tarde
aussi de reconnaître la soumission de mes
filles et de mes gendres en les élevant au
rang suprême par ma propre volonté. Ce
sera un doux spectacle de voir le roi déchu, le père, devenu le sujet de ses enfans,
leur être plus cher à tous et recevoir des
respects qui ne seront plus inspirés par le
rang, mais par la tendresse filiale et la reconnaissance.

KENT.

Si les conseils d'un sujet fidèle peuvent
quelque chose sur le cœur d'un roi, je vous
en conjure, mon digne maître, ne tentez
pas ainsi la fortune. Comme roi, vous avez

vu vos enfans et vos sujets empressés à
vous honorer, à vous obéir ; ne renversez
pas l'ordre des lois humaines en élevant
vos filles au-dessus de vous, en n'étant plus
pour les courtisans la source de toutes faveurs ; enfin ne faites pas que la part de
revenu que vous vous réserverez, paraisse,
avant peu, à vos héritiers, une charge trop
lourde pour le trésor royal.

LE ROI.

Est-ce de mes nobles filles , comte de
Kent, que tu oses parler ainsi ? La duchesse
d'Albanie, Gonerille, te paraît donc une
femme au cœur bas et faux ? Regane, l'é-
pouse de Cornouailles , ne t'inspire pas
plus de respect ; et ma pieuse Cordélia ,
dont tant de souverains recherchent l'alliance, n'est, à tes yeux , qu'une princesse
hypocrite, qui vise à ravir la meilleure part
de mes états , comme elle a envahi mes
plus douces affections ?

KENT.

Le respect enchaîne ma langue, et je me
laisse condamner sans être entendu. Puisse

l'avenir donner un démenti à mes prévi-
sions et n'apporter que des jours sereins
au meilleur des pères.

(Il veut s'en aller.)

LE ROI.

Tu resteras, conseiller déloyal ; tu
vas assister, pour ta punition, au partage
que je médite, et je te permettrai seulement
alors de te retirer ; car mes filles ne doivent
avoir auprès d'elles que des sujets dévoués.

KENT.

Si vous me confiez à la clémence de Cordélia, je n'ai rien à craindre ; elle me permettra de lui exposer, sans détour, toute
ma pensée.

LE ROI.

Ne t'ai-je pas autorisé à le faire, moi,
aussi? Allons, parle, comte de Kent, car
je ne voudrais pas terminer mon règne par
un acte d'injuste rigueur envers toi.

KENT.

Dussé-je m'exposer à perdre cette nouvelle grâce, je veux encore vous dire, ô
mon roi! que celui qui a toujours com-

mandé ne peut pas trouver une place qui lui convienne au-dessous du rang suprême. On dépose facilement la couronne, mais la volonté n'apprend pas à se plier.

LE ROI.

Je veux te montrer, Kent, que mon humeur saurait s'accommoder à la contradiction, et pour cela, je t'écoute avec patience; mais dis-moi si tu penses que mes filles, devenues souveraines, cesseront de m'environner de leurs respects.

KENT.

Vous ne voyez à votre cour que des visages soumis ; pensez-vous que les nobles qui vous servent à genoux, gardent la même contenance lorsqu'à leur tour ils commandent à leurs vassaux ? Un roi ne connaît que les rapports des inférieurs envers leur supérieur : si vous ne craignez rien de vos filles, rappelez-vous qu'elles sont mariées à de puissans seigneurs.

LE ROI.

C'est entre mes filles que je partagerai mon royaume, leurs maris ne seront que leurs sujets.

8

KENT.

Si les trois princesses n'avaient qu'un même cœur, le roi pourrait s'attendre à être également respecté par elles.

LE ROI.

Les caractères de mes filles diffèrent entre eux, j'en conviens; mais ne vois-tu pas, chaque jour, que Gonerille tempère son caractère emporté; Regane son orgueil, pour ne me causer aucun trouble? Pour Cordélia, je le sais, sa tendresse égale presque la mienne : eh bien ! Kent, je voudrais aussi, dans mon cœur, faire quelque chose de plus pour elle que pour ses sœurs; ma seule crainte est de me donner une apparence d'injustice, et c'était pour me tirer de cette difficulté dans le partage de mes états que je t'avais fait appeler.

KENT.

Que votre Majesté mette à l'épreuve la tendresse de ses filles et qu'elle les récompense alors selon qu'elles l'auront mérité.

LE ROI.

Devais-tu me faire attendre aussi long-

tems cette sage parole, mon vieux Kent. Eh
bien ! tu vas voir maintenant qu'une tête de
mon âge sait encore se conduire avec prudence. J'ai fait avertir mes filles de se rendre à midi dans la salle du conseil, toute la
cour y sera assemblée, et je donnerai aussi
une réponse aux princes qui sollicitent la
main de ma chère Cordélia.

KENT.

Pour votre bonheur, Sire, ne t'éloignez
pas du lieu où vous devez demeurer.

LE ROI.

Je veux être aussi impartial dans ma
confiance que dans mes largesses, Cordélia
se fera elle-même sa part selon qu'elle saura répondre à mes questions.

KENT (à part.)

Que les dieux protègent mon bon maître,
il est évident que la vieillesse commence à
altérer son jugement. En quel péril va-t-il
se mettre !

SCÈNE DEUXIÈME.

Appartement de Cordélia.

GONERILLE (duchesse d'Albanie), REGANE (duchesse de Cornouailles), attendent leur sœur. Elles sont assises.

GONERILLE.

Ma sœur ne trouvez-vous pas que le Roi est bien changé depuis quelques jours?

REGANE.

Je crois, Gonerille, que nous aurons bientôt la douleur de porter son deuil.

GONERILLE.

Quelque serviteur fidèle devrait l'avertir de songer à régler les partages de son royaume.

REGANE.

Vous avez la même idée que moi... mais sa vieillesse est si mal entourée. Nous avons beau faire vous et moi, nos soumissions, nos tendresses lui laissent toujours de la défiance, soit à cause de nous, soit qu'il

craigne l'ambition de nos maris, et Cordélia l'emporterait sur nous dans les faveurs
paternelles, s'il fait ses legs en ce moment.

GONERILLE.

Cordélia écoute avec plus de soumission
que nous les discours lents et mesurés du
vieux Roi.

REGANE.

Le même intérêt nous préoccupe, Gonerille, nous sommes trop habiles l'une et
l'autre pour nous tromper. Voulez-vous que
nous parlions à cœur ouvert ?

GONERILLE.

De grand cœur Regane. Mais vous ne
cherchez pas à me trahir ?

REGANE.

Je vous le jure.

GONERILLE.

Donnez-m'en une garantie ?

REGANE.

La meilleure que je puisse vous offrir
est de vous exprimer mon opinion sur le

vieillard imbécile auquel nous obéissons,
parce qu'il est à la fois notre Roi et notre
père; mais ne vous semble-t-il pas que les
Parques l'oublient bien long-tems sur le
trône que son enfance d'esprit déshonore.

GONERILLE.

Attendez que j'aille voir si l'on ne peut
pas nous entendre, car nous sommes ici
chez Cordélia.

REGANE.

Un page qui m'est tout dévoué veille près
d'ici. Il nous avertira lorsque notre sœur
reviendra. Elle est en ce moment chez sa
vieille gouvernante, la duchesse de Kent;
Cordélia a été douée d'un amour exclusif
pour les gens âgés. Je ne sais si c'est vertu
ou hypocrisie, mais cela lui réussit à merveille.

GONERILLE.

On ne parle que de son mérite, de sa
piété filiale et tandis que nous avons épousé
de simples ducs, des rois passent les mers
pour demander la main de Cordélia.

REGANE.

Aussi lui fera-on une dot de reine si nous n'y mettons bon ordre.

GONERILLE.

C'est justement à ce sujet que je voulais vous parler.

REGANE.

Le duc de Cornouailles a pris ses mesures contre les largesses du Roi, il s'est formé un parti dans l'armée qui ne souffrira pas que l'on démembre ce royaume en faveur d'un étranger.

GONERILLE.

Mon époux, le duc d'Albanie, n'a pas autant d'énergie, mais vous pouvez compter sur moi pour vous soutenir et pour entraîner le duc dans votre cause.

REGANE.

Nous empêcherons bien, vous et moi, le mariage de s'accomplir.

GONERILLE.

Le Roi de France ne se confie qu'au duc de Kent l'ami éprouvé de notre sœur.

REGANE.

Allons, ma chère Gonerille, il est téms que je m'ouvre à vous sans détour. Aujourd'hui même se prépare la ruine de Cordélia, nous l'accomplirons sans que l'on puisse nous accuser en rien d'y avoir contribué.

GONERILLE.

Votre habileté m'est connue, Regane, et j'ai peur d'en être dupe à mon tour.

REGANE.

Ce n'est qu'en m'unissant à vous que j'ai eu l'espoir de réussir : ce royaume est assez beau pour que nous le partagions entre nous deux sans envier l'autorité l'une de l'autre, mais Cordélia a été trop hautement préférée par le Roi, sa réputation de vertu lui a attiré assez de gloire pour qu'elle se contente de ces avantages et nous laisse des richesses qu'on lui voit d'ailleurs mépriser avec affectation.

GONERILLE.

Je ne me consolerais pas de la savoir sur le trône de France.

REGANE.

Avant la fin de la journée elle ne sera qu'une héritière dépouillée, et vous verrez tous ses mérites tomber en même tems que sa faveur.

(Oswald, le page de la duchesse de Cornouailles, entre.)

OSWALD.

La princesse Cordélia arrive accompagnée par le duc de Kent; ils sont arrêtés à causer au bout de la galerie.

REGANE.

Nous pouvons sortir par un autre côté, venez chez moi Regane, et vous saurez tout.

(Elles sortent.)

OSWALD.

Vraiment je vais les suivre, car il faut que je m'instruise. Moi aussi j'ai un frère que mon père semble me préférer parce qu'il est bon et sage; j'apprendrai des princesses que je sers, à me défaire de cet importun et à accaparer pour moi seul les richesses du comte de Glocester, notre père.

(Il s'en va.)

8*

SCÈNE TROISIÈME.

CORDÉLIA , KENT.

CORDÉLIA.

Ne m'en parlez plus Kent, je ne quitterai jamais mon père.

KENT.

Cette résolution est digne de votre piété filiale, mais voyez en quel état est réduit notre respectable souverain. Est-ce à vous seule que vous pourrez le protéger et le défendre lorsque vous aurez contre vous les ducs d'Albanie, de Cornouailles et vos sœurs, leurs épouses. Des conseillers perfides instruits par elles, ont persuadé au Roi de déposer sa couronne entre les mains de ses enfans, vous devez pressentir que la guerre vous dépouillera bientôt de la part qui vous aura été donnée si vous ne vous assurez pas un protecteur capable d'intimider vos ennemis. Le Roi de France vous offre sa couronne. Son royaume devient l'asile du Roi, et personne n'osera rien entreprendre contre le père de la reine de

France ; suivez mes avis, princesse, et dans l'intérêt de notre Roi, épousez celui qui honore en vous la piété filiale et les vertus qui vous rendent chère à tous les Anglais.

CORDÉLIA.

J'aimerais mille fois mieux être privée de ma part d'héritage après la mort du Roi, que de le voir se mettre à la merci de ses gendres.

KENT.

Il ne dépend pas de vous, princesse, d'empêcher ce qui est résolu, et lorsque vous voyez que la vieillesse livre le Roi aux piéges de l'intrigue, sachez accepter la protection des dieux et défendre votre père contre lui-même.

CORDÉLIA.

Puisque la duchesse et vous, mon bon Kent, jugez que je dois en agir ainsi, je me soumets ; il sied mal à l'âge de l'inexpérience de repousser les avis de la sagesse.

KENT.

Ma digne maîtresse, je vais porter au Roi

de France cette parole qui le remplira de joie.

CORDÉLIA.

Attendez un instant encore, il n'est pas convenable que j'agrée la recherche de ce Roi avant que mon père se soit prononcé sur les avantages qu'il compte me faire.

KENT.

Le Roi de France sait que la plus chère des filles du Roi d'Angleterre ne peut pas avoir une moindre dot que celle de ses sœurs.

CORDÉLIA.

N'importe, dites-lui seulement, de votre part, à vous seul, mon bon Kent, qu'il n'a rien à attendre que de la volonté de mon père.

KENT.

Vous lui permettez, cependant, de demander votre main à l'audience solennelle qui va avoir lieu ce matin.

CORDÉLIA.

Qu'il y vienne; mais si mon père change d'avis, et que ma présence ici soit néces-

saire à son bonheur, vous m'entendez,
Kent, je ne le quitterai pas.

KENT.

Vous avez jusqu'à présent repoussé toutes les alliances, pour veiller sur les vieux
jours du Roi, je ne combattrai pas cette
résolution; seulement, je ne crois plus
qu'elle soit nécessaire, et avant la fin du
jour, vous offrirez certainement au monarque déchu, un asile dans votre propre
palais.

CORDÉLIA.

Alors mon père sera encore Roi; car je
resterai, jusqu'à la fin de ses jours, la plus
fidèle et la plus dévouée des sujettes.

SCÈNE QUATRIÈME.

La salle du conseil, un trône, les seigneurs de
la Cour sont rangés en cercle autour du Roi,
les princesses Gonerille et Regane occupent
deux fauteuils sur les marches du trône aux
deux côtés du roi. Cordélia est assise sur un
tabouret un peu au-dessous de ses sœurs.
Les ducs de Cornouailles et d'Albanie sont
les premiers au-dessous du trône. Le comte
de Kent est parmi les courtisans. Le fou du
Roi Léar est à ses côtés.

LE ROI, LE FOU, GONERILLE, KENT, REGANE,

LE ROI (se lève.)

Nobles seigneurs, je vous ai rassemblés
pour vous rendre les témoins du dernier
acte de mon règne. Puisque la nature m'a
destiné à une vie plus longue qu'il n'est accordé au commun des hommes, je veux
passer les années qui me restent dans le repos, et donner à mes filles une preuve de
ma confiante tendresse. Je vais leur faire,
en ce jour, le partage de mes États ; à celle

qui me témoignera le plus d'attachement,
je donnerai la plus riche part de mes pos-
sessions.

LE FOU.

Noncle, tu ne m'oublieras pas, j'espère,
parce que si tu étais mécontent de tes héri-
tières, je te donnerais une place dans mon
palais.

LE ROI.

Voilà un fou qu'il est tems de démettre
de sa charge.

LE FOU.

Noncle, tu as envie de t'en emparer ?

LE ROI.

Silence ! insolent. Ma chère Gonerille,
parlez la première, car je ne veux juger
votre amour que sur vos paroles : dites-
moi comment vous aimez votre père ?

GONERILLE.

La passion la plus exaltée n'a point de
langage qui puisse rendre ce que j'éprouve
pour vous, mon père; vous m'êtes plus
cher que la vie, que mon époux, que mes
enfans, je saurais les quitter pour le seul

plaisir de vous complaire; il n'est rien dans
ce monde que je ne puisse vous sacrifier,
et mon plus grand bonheur serait d'être
appelée à courir quelque grand péril pour
l'amour.de vous.

LE ROI.

Certes, voilà une fille qui aime son père !
et je vais récompenser dignement une si
ardente protestation. Je vois bien, ma chère
Gonerille, que je ne te connaissais pas encore. Toi et ton époux, le duc d'Albanie,
vous allez avoir, en toute souveraineté, la
part due aux aînés.

LE FOU.

Noncle, interroge-moi à mon tour, tu
verras si je ne sais pas aussi payer en mon-
naie de singe?

LE ROI.

Comte de Kent, voilà un fou qui parle
dans le même sens que vous; n'êtes-vous
pas content d'avoir son approbation?

KENT.

Un fou peut penser comme moi, qu'un

.père ne doit pas se mettre à la merci de ses enfans.

REGANE.

Le comte de Kent a-t-il osé élever des doutes sur notre amour filial? et prétend-il que le Roi cesse d'être notre maître, pour nous confier le soin de son bonheur?

LE ROI.

J'espère, mes filles, que vous oublierez cette circonstance lorsque vous serez souveraines; Kent est un de mes plus fermes conseillers, s'il s'est trompé, dans cette occasion, je n'entends pas l'exposer à vos ressentimens après que je ne serai plus Roi.

REGANE.

Vous commanderez plus que jamais, mon père; vos amis, fussent-ils nos ennemis, auront le premier rang dans notre confiance.

LE FOU.

Quand on me promet une charge de farine je l'attends; si c'est une charge d'or je me sens tout aussi léger de richesse qu'auparavant.

LE ROI.

Je te ferai donner des étrivières, insolent drôle !

LE FOU.

Noncle, demain tu n'auras pas plus de
royaume que moi, nous traiterons de puissance à puissance.

LE ROI.

A vous, ma chère Régane, par votre réponse vous allez décider de la fortune du
duc de Cornouailles, montrez-vous donc à
la fois bonne fille et loyale épouse; expri-
mez ici en toute vérité quelle est votre tendresse pour nous.

REGANE.

Il semble que ma sœur m'aie volé les ex-
pressions de mon amour. Tout ce qu'elle a
dit je puis le répéter ; seulement, je l'avoue,
allant plus loin qu'elle, je donnerais avec
joie la vie de mon époux, celle de mes enfans, mes biens et mon rang, pour prolon-
ger l'existence qui m'est la plus chère de
toutes, et ainsi dénuée, je viendrais sans me

plaindre, me ranger sous l'obéissance pa-
ternelle.

LE ROI.

Quel père a jamais été plus favorisé des
dieux que moi ! Duchesse de Cornouailles.,
nous n'éprouverons pas jusque-là votre
piété filiale ; et, bien loin de vous arracher
la moindre part de votre bonheur, nous
allons vous donner une dot que vous n'eus-
siez pas osé espérer.

LE FOU.

Ah ! noncle, noncle !

LE ROI.

Silence, misérable, ou je te chasse. Il
nous reste, maintenant, à régler la part de
notre troisième fille. Pour cela, nous voulons que le roi de France soit présent. Comte
de Kent, faites le introduire.

(Quelques fanfares.)

KENT.

Il arrive en ce moment.

SCÈNE CINQUIÈME.

Les Précédens, LE ROI DE FRANCE.

LE ROI LEAR.

Noble souverain, vous avez passé les
mers pour venir nous demander notre plus
jeune fille ; nous allons régler devant vous
son partage, qui sera d'autant plus riche,
qu'elle professera une plus vive tendresse
pour le père qui l'a toujours chérie avec un
sentiment de prédilection. Dites-nous, Cordélia, si, à l'exemple de vos sœurs, vous
mettez la tendresse filiale au premier rang
de vos devoirs.

CORDÉLIA.

Pour honorer et servir votre vieillesse,
mon père, je renoncerais volontiers à me
marier ; alors je ne préférerais aucun intérêt à ceux qui vous toucheraient. Mais si
j'étais à la fois reine, épouse, mère et fille,
je tâcherais de concilier tous ces devoirs
sans en sacrifier aucun ; car il me semble
que la véritable sagesse, le véritable amour,

consistent à rester irréprochable aux yeux
du père que l'on veut rendre heureux.

LE ROI LEAR.

Quel langage glacé, ma fille ! Est-ce là
tout ce que je puis attendre de vous? Ah !
combien je m'étais trompé, moi qui préten-
dais vous traiter en fille chérie et finir mes
jours à vos côtés !

CORDÉLI.

Ai-je dit un mot, mon père, qui ait pu
me faire perdre cette précieuse confiance?

LE ROI LEAR.

Fille ingrate! je veux te combler de faveurs; par affection pour toi et pour tes
sœurs , je change l'ordre des lois sociales,
je distribue mon héritage , de mon vivant;
et lorsque tu viens d'entendre les protesta-
tions si vives de Gonerille et de Regane, tu
ne crains pas d'opposer un langage froid et
mesuré à mon désir de te rendre heureuse.
Roi de France, je vous en préviens, votre
épouse court le risque de n'avoir pas de
dot.

LE ROI DE FRANCE.

Telle qu'elle sera, je me trouverai toujours honoré de l'avoir pour épouse ; car, moi aussi, j'aime mieux reposer le soin de mon bonheur sur la femme qui veut remplir tous ses devoirs, que sur celle qui promettrait de n'en accomplir qu'un seul.

LE ROI LEAR.

Cordélia, tu n'as rien à ajouter à ce que tu as dit ?

CORDÉLIA.

Rien, Monseigneur, si ce n'est à vous assurer de mon entière soumission à votre volonté.

LE ROI LEAR (avec l'accent de la colère).

Eh bien, je serai aussi avare de richesses envers toi que tu l'es de paroles à mon égard : tu n'auras rien en dot, et tout mon royaume je le partage entre tes deux sœurs, ne me réservant rien pour moi, qu'une garde de cent chevaliers pour me servir. Je passerai la moitié de l'année tour-à-tour chez la duchesse d'Albanie et chez la duchesse de Cornouailles; toi, tu trouveras un asile où tu pourras.

LE COMTE DE KENT (se jetant à genoux devant
le roi).

Mon roi, mon souverain maître! repre-
nez les paroles irréfléchies que vous venez
de prononcer. En vieillissant, les hommes
perdent, parfois, leur prudence; ouvrez les
yeux, ne rejetez pas une fille pieuse et sincère, pour enrichir des ambitieuses. Restez
roi, ou réservez-vous au moins une part
indépendante de vos états....

LE ROI LEAR (à Kent).

Indigne vassal, sors de notre présence,
toi et la fille que tu nous as élevée. Je vous
maudis tous deux; et si, demain, vous êtes
encore dans mes états, je ne réponds pas
de vos jours.

LE FOU (au roi Lear).

Mon bon maître, puisque tu donnes ton
manteau, prends le mien; à la place de ton
sceptre, accepte ma marotte, et, pour ne
pas t'enrhumer, mets mon bonnet sur ta
tête privée de couronne.

CORDÉLIA.

Mon père, daignez m'entendre....

LE ROI LEAR (s'adoucissant).

Ah ! tu te repens ; eh bien, Cordélia, qu'as-tu à nous promettre ?

CORDÉLIA.

Rien de plus que ce que j'ai dit, mais permettez-moi de demeurer à votre service.

LE ROI LEAR.

Ote-toi de mes yeux, serpent trop longtems réchauffé dans mon sein : je ne veux plus te voir.

CORDÉLIA.

Grâce pour votre fidèle Kent.

LE ROI LEAR.

Je vous chasse tous deux.

(A Goncrille et à Regane.)

Ils sont vos ennemis, je vous les abandonne : punissez-les comme ils le méritent.

REGANE.

Qu'ils sortent de vos états, nous bornons là notre vengeance.

LE ROI DE FRANCE.

Moi, je demande la main de cette fille

injustement bannie et dépouillée , et , telle
qu'elle est , je lui offre le trône de France et
l'appui de mon armée.

CORDÉLIA.

Dieu me préserve de susciter une guerre
à mon pays ! L'exil , la misère , me seraient
mille fois préférables à une couronne payée
au prix du sang des sujets de mon père.

LE ROI DE FRANCE.

Je m'engage à ne porter les armes qu'à
votre prière , princesse ; acceptez , je vous
en conjure , l'offre de ma couronne.

LE ROI LEAR.

Voilà qui est merveilleux ! On prend ,
aujourd'hui , les princesses sans dot ; et les
dieux semblent se mettre du parti d'une
fille coupable.

CORDÉLIA (au roi Lear).

Mon père , dois-je épouser le roi de
France ?

LE ROI LEAR.

Allez , indigne enfant , que les mers nous
séparent , j'y donne mon plein consentement.

9

CORDÉLIA.

Mon pauvre Kent, voulez-vous suivre ma fortune ?

KENT.

De grand cœur !

CORDÉLIA.

Mon père, si vous avez besoin de moi, je volerai à votre secours.

REGANE.

C'est nous insulter, ma sœur, de supposer que notre père aura l'occasion de recourir à vous, pauvre reine sans douaire, et épousée par charité.

CORDÉLIA.

Mes sœurs, ne trompez pas sa confiance ; ayez bien soin du père qui s'est ôté les moyens de vous punir.

LE ROI DE FRANCE.

Venez, Cordélia ; mes vaisseaux sont prêts, nous allons voguer vers votre royaume.

ACTE DEUXIÈME.

SCÈNE PREMIÈRE.

Le palais du duc d'Albanie.

LE DUC, GONERILLE.

GONERILLE.

Qu'un vieillard chagrin est un hôte in-
commode! Il ne sait ni se gouverner lui-
même ni maintenir dans l'obéissance les
gens de sa suite; aussi ai-je fait chasser cinquante des cent chevaliers de sa garde, afin
de réprimer plus facilement les autres. Ne
m'approuvez-vous pas, mon cher duc?

LE DUC.

Gonerille, ceci me paraît injuste : puisque vous aviez juré à votre père de lui conserver sa garde d'honneur, il fallait tenir
votre promesse.

GONERILLE.

On a souvent l'air de céder aux enfans
gâtés des choses qu'on ne peut pas leur accorder. Dans l'état d'imbécilité où est tombé

mon père, ce serait folie de considérer sa
volonté pour quelque chose. Je veux être
souveraine chez moi, y maintenir la paix et
l'autorité comme je l'entends, sans m'arrêter à de puériles vanités qui ne signifient
rien. Cinquante gardes ne suffisent-ils pas
pour rehausser la majesté de ce vieux monarque?

LE DUC D'ALBANIE.

Si vous voulez attirer la protection des
dieux sur votre règne., Gonerille, ne méprisez pas vos devoirs envers votre père
qui fut aussi votre roi.

GONERILLE.

Votre pusillanimité en toutes choses me
fait pitié. Ces vertus de soumission et de
droiture peuvent convenir au commun des
hommes; elles sont inutiles à ceux qui gou-
vernent. Je ne vous demande autre chose,
dans tout ceci, que de me laisser agir librement et de ne jamais témoigner votre
désapprobation.

LE DUC D'ALBANIE.

Il vaudrait mieux que mes conseils

eussent quelque empire sur vous; mais
vous commandez en souveraine, je dois me
taire.

SCÈNE DEUXIÈME.

Les Précédens, Un Officier.

L'OFFICIER.

Le roi se montre fort irrité de la disparition d'une partie de sa garde; il fait demander à la duchesse d'Albanie de se rendre
chez lui.

GONERILLE.

Manant! Quand tu auras de semblables
ordres à nous transmettre, tu feras bien de
les méditer afin de leur donner un tour plus
respectueux. Au service de qui es-tu engagé?

L'OFFICIER.

Je commande les cinquante gardes qui
restent au roi Lear.

GONERILLE.

Le Roi Lear n'est plus un Roi; sa garde
comme sa personne sont sous mon obéis-

sance : c'est donc à mon service que tu es ;
apprends à ne rien faire que par mes ordres, et tu t'en trouveras bien.

L'OFFICIER.

Je m'en souviendrai.

GONERILLE.

Retourne vers ce vieillard chagrin, et
va lui dire que je n'ordonne rien que dans
son intérêt, et que s'il désire avoir la raison de ce que j'ai fait, il vienne me la demander.

(L'Officier sort.)

A présent, comme le Roi va entrer dans
une de ces colères si honteuses à voir, je me
retire pour n'en être pas témoin, vous
ferez bien, vous aussi, duc, de me suivre
dans la pièce voisine.

(Ils sortent.)

SCÈNE TROISIÈME.

LE ROI LEAR, l'Officier, quelques Gardes,
LE FOU.

LE ROI.

Ciel et terre! suis-je donc un insensé!

et cette indigne fille a-t-elle pris à tâche
de me faire mourir de colère. Quoi! je la
fais demander, et elle qui était si humble
hier au conseil, ose me faire dire de me
rendre chez elle ; j'arrive et elle n'y est
pas.

L'OFFICIER.

Veuillez attendre ici , elle ne tardera pas
à venir.

LE ROI.

Attendre ! misérable , attendre ! Des
oreilles royales ont-elles jamais entendu
ce mot-là. Attendre ! faire attendre son
père et son Roi. Ah Kent! mon pauvre Kent;
j'étais un imbécile hier lorsque je t'ai chassé
sans vouloir écouter tes avis.

(Au Fou qui pleure.)

Qu'as-tu mon pauvre fou? Tu changes
donc de métier toi aussi? Tu étais payé pour
faire rire, et maintenant, au lieu d'égayer
ton vieux maître, tu ne peux que pleurer
à ses côtés !

LE FOU.

Hier, je courais le risque d'être battu

quand je disais la vérité à un Roi ; mais
j'étais au moins le fou d'un Roi. Aujour-
d'hui, quel mérite y aurait-il à faire sentir
au père de la duchesse d'Albanie qu'il n'est
plus le maître ? Je pleure à la fois votre
couronne et mon esprit perdu.

LE ROI.

Heureusement qu'il me reste une fille, je
ne veux que dire un dernier mot à cette indigne créature, et je vais aller m'établir
chez Regane, qui voudra recevoir noble-
ment son vieux père ! supprimer la moitié
de ma garde, était-ce donc trop de me
réserver ce faible reste de l'armée de chevaliers dont je pouvais disposer hier.

UN PAGE (entre).

Ma maîtresse fait dire au Roi qu'elle
viendra lui parler aussitôt qu'il se sera
calmé, et qu'il s'engagera à la recevoir avec
le respect qui lui est dû.

LE ROI (à ses gardes).

Emparez-vous de cet insolent messager,
et frappez-le jusqu'à ce que ses cris atti-
rent ici sa royale maîtresse.

UN DES GARDES.

Il nous est défendu , sur notre vie, de
toucher à un seul des gens de la duchesse.

(Le Roi tombe dans un fauteuil. Son Fou accourt à lui
pour le secourir.)

LE FOU.

Mon pauvre maître! le voilà évanoui ;
la pâleur de la mort est répandue sur son
visage...... Que les dieux ayent pitié de lui.
Depuis hier sa tête semble encore s'affaiblir.
Ces outrages accumulés le tueront; et personne, pas un cœur fidèle pour le défendre!
Un monarque chassé de ses états ne s'é-
tonne pas, en pays étranger, de ne voir
que des visages rebelles à son autorité ;
mais celui-ci connaît par leurs noms tous
ceux qui lui désobéissent; il les a vus pros-
ternés à ses pieds. De toute sa cour, il ne
lui reste qu'un pauvre fou dont le cœur
se fend à voir souffrir ainsi son vieux
maître.

LE ROI.

Que nous est-il arrivé : où est Kent ?

9*

Qu'on appelle Cordélia..... (*Il se lève*) Ah !
je rêve : c'est ici le salon de la duchesse
d'Albanie ; et comme un humble sujet j'attends ses ordres.......

SCÈNE QUATRIÈME.

LES PRÉCÉDENS, LA DUCHESSE D'ALBANIE.

LE ROI.

Ah, vous voilà, enfin, Gonerille ; notre
colère s'évanouit en vous revoyant , ma
fille, et nous attendons de vous la répa-
ration des offenses qui nous ont été faites.
Montrez à vos sujets que vos actions sont
d'accord avec vos paroles , et que vous
ne m'avez pas volé la part du royaume
que je vous ai cédée , en échange de vos
promesses.

GONERILLE.

Je suis prête à écouter patiemment votre
requête.

LEAR.

Là , j'en étais sûr. Eh bien ! ma chère
fille, rendez-moi les cinquante chevaliers

que votre époux aura fait congédier. Ordonnez à tous vos serviteurs de reprendre, en me parlant, les formes soumises qu'ils avaient lorsque je portais la couronne, que votre trésorier me fasse remettre la part que je me suis réservée sur les revenus de vos états, et je me croirai encore un père respecté, un Roi à qui sa seule volonté a fait déposer la couronne.

GONERILLE.

Vous avez reconnu que le poids des affaires était au-dessus de vos forces, nous nous sommes empressées, ma sœur et moi, à vous en délivrer. Quant à ce qui concerne votre garde, convenez avec moi que vous n'êtes guère en état de la gouverner. Dès hier vos gens se sont pris de querelle avec les nôtres, et pour avoir la paix, il a bien fallu réduire de moitié cette garde, qui nous causait un tumulte insurmontable. Vous prétendez être traité en souverain; mais qu'est-ce donc que la royauté que vous nous avez cédée, si nous vous reconnaissons encore pour maître? Considérez, je vous prie, que l'âge a fort affaibli vos fa-

cultés. L'administration de vos revenus
exige une surveillance dont vous êtes incapable, et j'ai résolu, pour votre repos, de
pourvoir à vos besoins, sans vous laisser
le pouvoir de payer des gens pour insulter
les nôtres.

LE ROI.

Ma feinte patience est à bout. Je te quitte,
fille dénaturée, je vais chez ta sœur Régane, et ma malédiction planera sur ta
tête.

GONERILLE.

Les dieux vous ont retiré leur protection,
vos paroles sont vides de sens et n'ont pas
le pouvoir de m'effrayer. Allez chez ma
sœur, elle vous apprendra mieux que moi
encore ce que vous devez à notre rang.

LE ROI.

Que l'on prépare à l'instant ma litière,
et que ma maison se rassemble, je ne veux
pas respirer plus long-tems l'air empesté
de ce palais.

ACTE TROISIÈME.

SCÈNE PREMIÈRE.

Les dehors du palais de Regane, Duchesse de
Cornouailles. Une place ombragée d'arbres.

KENT (déguisé en mendiant), OSWALD (le
Page affidé de Regane).

KENT (seul d'abord).

Personne ne soupçonnera le duc de Kent
sous ces misérables vêtemens, et je pourrai
avoir des nouvelles de mon pauvre maître.
S'il a besoin de mon secours je risquerai
volontiers ma tête proscrite pour le servir.
La fidèle Cordélia m'a chargé de ce message,
je le remplirai sans égard pour le misérable reste de jours que je compromets.

(Oswald survient, Kent se cache.)

OSWALD.

A merveille, ma lettre est écrite ! J'ai
parfaitement imité la main de mon frère
Edgard, mon père ne manquera pas de le
croire coupable, les vieillards sont si cré-

dules, et l'héritage paternel me revient. Je suis aussi bien qu'Edgard le fils du comte de Glocester; parce qu'il est né le premier, il serait comte et moi rien. Cela n'a pas le sens commun, le plus habile doit l'emporter sur l'autre. Mon cher frère, vous allez être chassé comme un traître, et moi je vais passer pour le modèle des bons fils. Ainsi va la justice des hommes. Le monde semble gouverné par les démons depuis que le Roi leur a partagé sa couronne entre ses deux filles aînées, à l'exclusion de la plus jeune. Le torrent nous porte au mal, je ferai le mal pour avoir ma part dans les faveurs des souverains infernaux. Il ne s'agit plus maintenant que de faire tomber cette lettre entre les mains du comte, mon père, et de savoir écarter toute explication entre lui et Edgard. La duchesse de Cornouailles m'aidera, sans s'en douter, à parvenir à mes fins. Elle doit rentrer par ici, je vais au-devant d'elle.

(Il s'éloigne.)

LE DUC DE KENT,

Oh ! noire perfidie : mon pauvre ami le

comte de Glocester va-t-il, en effet, se laisser abuser par ces grossières apparences ! et je ne puis rien pour le détromper ; le soin de me cacher m'oblige à taire ce que j'ai entendu, mais cela n'aura qu'un tems, et les dieux prendront enfin parti pour la justice et l'équité afin de sauver la race humaine.

SCÈNE DEUXIÈME.

REGANE, OSWALD (KENT toujours caché).

OSWALD.

Mon extrême dévoûment pouvait seul me déterminer à accuser mon frère auprès de sa souveraine.

REGANE.

Je te tiendrai compte de ton zèle, mon fidèle page, et tu peux te regarder dès aujourd'hui comme le seul héritier de ton père ; mais il faut user de prudence, afin de ne pas nous faire d'ennemis puissans au commencement de notre règne. Ainsi, ton frère Edgard est un espion aux gages de la reine de France.

OSWALD.

J'en ai des preuves irrécusables.

REGANE.

Le comte de Glocester va prendre parti pour lui.

OSWALD.

Il dépend de vous de le détacher de sa cause.

REGANE.

De moi ! Tu sais que je compte à peine sur la fidélité de ton père.

OSWALD.

Mon frère ne se contentait pas de conspirer contre sa souveraine, il en voulait aussi aux jours de son père : j'ai trouvé une lettre où tout le complot est exposé.

REGANE.

Donne-la moi.

OSWALD.

Si mon père reconnaît en moi l'accusateur d'Edgard, il ne voudra rien croire.

REGANE.

Que cette lettre me soit remise, et je la

présenterai moi-même au comte, sans que
ton nom soit prononcé.

OSWALD.

Et mon frère aura la vie sauve.

REGANE.

Non, je prétends le faire périr de la mort
des traîtres, avec les preuves que tu me
fournis; je ne crains plus le comte, sa
cause devient la mienne.

OSWALD (à part).

Courons engager mon frère à la fuite,
afin de lui ôter tout moyen de se justifier.

(Il va pour s'en aller.)

REGANE.

Oswald, j'ai encore quelque chose à te
dire. Je suis bien aise qu'un secret entre
nous me donne un gage de ta foi. Tes services me seront d'autant plus assurés que
tu pourras tout gagner à m'être fidèle, tout
perdre à me trahir.

OSWALD.

Ma discrétion et mon zèle sont à toute
épreuve.

REGANE.

Ta conscience est-elle bien timorée?

OSWALD.

C'est selon : s'il s'agit de ma fidélité, envers vous, ma conscience est inébranlable. Si, au contraire, vous voulez me sonder sur la nature des ordres que j'aurai à remplir, ne craignez rien, il n'est pas en moi de juger les actions de ma souveraine, et où j'ai soumis ma fortune, j'abandonne aussi toutes mes facultés.

REGANE.

Tu m'as compris. Il suffit. Tu dois-bien penser, Oswald, que j'ai vu avec quelque dépit, ma sœur Gonerille, obtenir la meilleure part du royaume de mon père. Ce n'est pas assez pour moi d'avoir expulsé Cordélia du partage de la couronne, il faut encore que le duché d'Albanie me revienne.

OSWALD.

Cela me parait possible.

REGANE.

Je te conduirai à la cour de ma sœur. Le

prétexte de mon voyage sera de régler les
limites de nos états. Tandis que je m'occuperai de ces graves intérêts, et que je
lui ferai signer la promesse de me léguer son
duché, toi, sous main, tu prodigueras l'or,
l'argent pour nous faire des partisans. Ton
jeune âge, des habitudes frivoles couvri-
ront suffisamment ta qualité de corrupteur.
Le duc d'Albanie n'est pas capable de nous
résister, si cette affaire est habilement conduite, surtout s'il était veuf.

OSWALD.

La duchesse peut mourir dans une chasse
ou à la suite d'un repas.

REGANE.

Tu mériterais, toi-même, un royaume,
Oswald. Sois tranquille, ton frère ne te
portera pas ombrage long-tems.

(Elle rentre dans le château.)

OSWALD.

N'ai-je pas trop de bonheur ! Mais ne né-
gligeons pas la principale affaire, celle d'é-
loigner mon frère, car le comte de Glocester qui a l'esprit sain et le jugement droit,

aurait bientôt démêlé la vérité de cette
intrigue, s'il interrogeait Edgard. La duchesse elle-même, malgré toute sa bonne
volonté, serait forcée de m'abandonner au
châtiment paternel, une fois ma ruse découverte. La faveur des princes ne tient pas
contre une maladresse qui les compromet.
Bien ! Voici Edgard ; il arrive tout-à-fait à
propos.

SCÈNE TROISIÈME.

OSWALD, EDGARD, (KENT est toujours
caché).

OSWALD.

Je vous cherchais partout, mon frère,

EDGARD.

Puis-je vous rendre quelque service?

OSWALD.

Hélas! bien au contraire, vous courez
un immense péril, dont je voulais vous
avertir.

EDGARD.

De quoi s'agit-il? parlez.

OSWALD.

On vous a desservi auprès de la duchesse de Cornouailles.

EDGARD.

Je quitterai sa cour sans regret.

OSWALD.

Les choses vont plus mal que vous ne pensez ; vous êtes accusé d'avoir formé un complot pour rétablir le roi Lear sur le trône.

EDGARD.

C'est un véritable enfantillage. Quel pouvoir ai-je pour opérer des révolutions ?

OSWALD.

Vous plaisantez, mon frère, et vous avez grand tort ; songez que dans les grandes crises politiques, il suffit d'être soupçonné pour être coupable. On hait ici la reine de France. Vous étiez de ses serviteurs ; enfin avec moi, ouvrez-vous franchement ; ne remplissez-vous pas quelque mission de surveillance de sa part?

EDGARD.

Aucune, je vous jure.

OSWALD.

Quoi ! vous n'avez témoigné à personne
que le partage, fait par le Roi , vous eût
paru injuste ? Il ne vous est échappé aucune confidence sur l'espoir d'un changement de règne?

EDGARD.

Non , sur l'honneur, quoique ma pensée
soit souvent , il est vrai , tournée sur de
semblables matières.

OSWALD.

Si vous étiez interrogé par la duchesse ,
répondriez-vous sur le même ton ?

EDGARD.

Je n'y manquerais pas.

OSWALD.

Alors , mon frère , je vous en conjure ,
fuyez au plus vite ; car non-seulement la
duchesse vous croit un traître, mais mon
père vous a abandonné d'avance à toute sa
rigueur. Croyez-moi , cachez-vous pendant
quelque tems ; tâchez de gagner les côtes ,
et d'aller prendre un refuge en France , ici
votre vie n'est pas en sûreté.

EDGARD.

Je veux faire tête à l'orage.

OSWALD (se jette à ses genoux)

Au nom de la tendresse fraternelle, par
pitié pour moi qui mourrais de douleur, s'il
vous arrivait malheur; retirez-vous, mon
cher Edgard, je vous en conjure.

EDGARD.

Mais je serais un lâche si je fuyais.

OSWALD.

Eh bien restez, votre mort est inévitable;
vous ne périrez pas seul. Toutes les charges
qui peseront sur vous, je les partagerai,
j'irai au-devant de l'accusation; et puisque
vous ne voulez pas suivre les conseils de
la prudence, je cours me dénoncer moi-
même, je dirai que je suis de moitié dans
vos fautes, et ainsi vous aurez causé ma
perte en même tems que la vôtre.

EDGARD.

Mon généreux frère, je ne résiste plus,
disposez de moi comme vous l'entendez;
mais surtout rendez-moi au plus tôt l'estime
de mon père.

OSWALD.

Ce sera mon premier soin. Tout l'argent dont je puis disposer, vous allez l'avoir. Je vous procurerai des habits de matelot, une barque, préparée par mes soins, vous attend déjà près du rivage. Venez de ce côté, car j'ai pourvu à ces différens soins; et vous, vous n'avez plus qu'à vous confier aux Dieux qui protègent l'innocence.

(Ils s'en vont.)

KENT (sort de sa retraite).

O perversité d'un jeune cœur. Est-il possible de rien voir de plus abominable que ce complot ! C'est ainsi que les courtisans suivent l'exemple des princes ; les riches copient les vices de la cour, et, de proche en proche, la corruption descend ainsi dans toutes les classes de la société.

La toile se baisse.

SCÈNE QUATRIÈME.

Intérieur du Palais de la Duchesse. Un Salon.

La Duchesse REGANE, le Comte de GLO-
CESTER.

LE COMTE DE GLOCESTER.

En vain vous me l'assurez, Madame;
en vain mes yeux en voient les preuves,
mon cœur se révolte de supposer mon fils,
cet Edgard dont j'étais si fier, capable
d'une semblable noirceur. Quoi! appeler
des étrangers dans notre royaume pour le
dévaster, et demander la tête de son vieux
père, afin de s'emparer de son héritage
avant le tems marqué par la nature.

REGANE.

Vous le dites vous-même, mon cher
comte, ce sont là les torts de votre fils aîné.

GLOCESTER.

De la part d'Oswald ces infamies m'auraient moins surpris.

10

REGANE.

Voilà comment juge l'aveugle prédilection, votre fils Oswald a surpris ce complot; j'en ai la preuve, sans qu'il m'en ait
parlé, cependant; et il a fait sauver son
frère.

GLOCESTER.

Le monde est bouleversé, ma raison est
confondue; je ne comprends plus rien à ce
qui se passe sous mes yeux.

REGANE.

Vous vous retirerez pour quelque tems
de la cour, noble comte, ce n'est point une
disgrâce; mais nous pensons que vous avez
besoin de repos pour vous remettre du choc
d'une si rude nouvelle.

(Le Comte sort.)

REGANE.

A nous deux, mon cher Oswald maintenant; tu es un habile courtisan, sans conscience et sans cœur. Lorsque nous aurons
tiré de ta vénalité les services que nous
en attendons, nous aurons soin de purger
la terre d'un aussi misérable vaurien.

SCÈNE CINQUIÈME.

La Duchesse REGANE, OSWALD , un Courrier.

OSWALD.

Ma noble maîtresse, voici un envoyé de
votre père, qui vous annonce son arrivée
chez vous.

REGANE.

Qu'est-ce cela, mon père devait rester six
mois chez ma sœur ; prétend-on me jouer
de cette façon ?

OSWALD.

J'ai fait causer cet homme ; il paraît que
les procédés de la duchesse d'Albanie ont
mis le Roi en si grande colère, qu'il n'a pas
voulu rester plus de vingt-quatre heures
dans son palais.

REGANE.

Nous saurons comment elle a agi, afin de
faire plus mal encore. De cette façon notre
hôte se mettra à la raison ; ou bien il re-

tournera à la cour de ma sœur. Dites à
l'envoyé de mon père qu'il lui réponde que
son arrivée inattendue nous cause un mor-
tel embarras ; mais que, néanmoins, par
égard pour la longue route qu'il vient de
faire, nous consentons à lui donner un
abri momentané.

(Oswald sort.)

REGANE.

Ma sœur me joue-là un tour dont je saurai me venger........

OSWALD (rentre).

Voici maintenant un courrier qui arrive
de la part de la duchesse d'Albanie.

REGANE.

Fais-le entrer.

(Oswald sort et ramène le courrier.)

LE COURRIER.

Noble Souveraine, la duchesse d'Albanie
m'envoie vous prévenir de ce qui est arrivé
chez elle. D'après les conventions que vous
avez faites ensemble ; elle a voulu apprendre à son père, qu'en se démettant de sa

couronne, il avait perdu le droit de commander; mais rien n'a pu calmer l'humeur
violente du vieux Roi, et il est parti pour
venir vous demander justice des prétendus
outrages de votre sœur.

REGANE.

Dites à la duchesse d'Albanie qu'avant
peu je lui renverrai le Roi aussi souple et
aussi obéissant qu'un enfant.

(Le Courrier sort.)

Oswald faites savoir à tous les gens de ma
maison que je leur ordonne de manquer
ouvertement de respect au Roi.

A peine la garde qu'il traîne à sa suite
sera-t-elle entrée dans le palais que j'entends qu'on la désarme; à moins que, par
une prompte obéissance, elle n'abandonne
le service du maître qui n'est plus en état
de la gouverner. Enfin, quand le Roi arrivera vous le conduirez ici.

(On entend des fanfares.)

Allez vite Oswald, je reconnais les trompettes de sa garde. Rien de trop respectueux dans vos manières, vous m'entendez.

(Il sort.)

SCÈNE SIXIÈME.

REGANE, LE ROI.

REGANE.

Vous me voyez étrangement surprise de votre arrivée, mon père.

LE ROI.

Ma chère Regane, ta sœur s'est indignement conduite à mon égard; déjà l'accueil que je reçois ici me trouble étrangement; mais tu vas réparer tout cela, j'en suis sûr. Voyons ma fille toi qui as si bien su me répondre devant le conseil, lorsque je t'interrogeais sur tes sentimens pour moi, trouve quelque bonne parole aujourd'hui pour accueillir le père qui s'est dépouillé en ta faveur.

REGANE.

Il paraît que ma sœur a eu beaucoup à se plaindre de votre humeur chagrine?

LÉAR.

Peut être, ma bien-aimée Regane, aussi ai-je fait de sages réflexions durant mon voyage, et puisque je n'ai plus d'espoir qu'en toi, j'ai résolu de me soumettre en tout à ta volonté. Gonerille a réduit ma garde à cinquante chevaliers, je me contenterai de ce nombre ; elle a refusé de me payer mon revenu, je ferai en sorte de vivre avec le peu que tu me feras compter.

REGANE.

Vous n'aurez point ici d'autres serviteurs que les miens, c'est un point arrêté.

LEAR.

Qu'entendez-vous par-là, ma fille?

REGANE.

A l'instant où je parle, vos gardes sont désarmés; et nous allons vous nommer un gouverneur qui sera chargé de nous rendre compte de toutes vos actions.

LEAR.

Je puis donc dire adieu à la patience, puisque la patience ne sert qu'à enhardir mes ennemis contre moi. Que le Ciel te confonde, misérable hypocrite! Fille sans cœur, je ne veux pas même abriter ma tête une nuit sous ton toit. Depuis que j'ai déposé ma couronne, je vois bien que l'expérience commune à tous les hommes, me manquait. Gonerille en usait probablement bien à mon égard, puisque sa générosité me laissait encore les apparences d'un maître. Je retourne vers elle; ce qu'elle m'a accordé, je m'en contenterai, et tu ne me reverras plus, odieuse Regane, opprobre de la nature. Puissent tes fils te rendre un jour le mal que tu fais à ton père !

SCÈNE SIXIÈME.

Encore le devant du Château.

KENT, EDGARD (déguisé comme lui en mendiant).

KENT.

Restez ainsi auprès de moi, mon jeune ami. Je contreferai l'aveugle, et vous passerez pour mon fils. Cet habit de matelot qu'on vous avait donné, aurait servi à vous faire reconnaître par ceux-là même qui ont juré votre perte. Qui sait si des assassins ne vous guettent pas sur la route que l'on vous a conseillé de prendre? Attendons ici pour savoir ce qui est arrivé dans le château : puis nous verrons à secourir ce malheureux vieillard qui reçoit de si dures leçons de la Providence.

EDGARD.

Encore si j'avais pu aller me jeter aux pieds de mon père.

KENT.

Oubliez vos maux, jeune homme, pour ne songer qu'à servir la cause de votre Roi. Si l'événement nous est favorable, vous aurez le tems, à votre âge, de réparer les douleurs de quelques jours.

EDGARD.

Pardon, noble Kent : c'est la dernière plainte qui s'échappera de mon sein; me voilà uniquement dévoué aux intérêts de mon souverain. Mon frère sort du palais.

KENT.

Cachons-nous au plus tôt.

(Ils disparaissent.)

10*

SCÈNE HUITIÈME.

Les Précédens (cachés), OSWALD.

OSWALD.

Il faut que je fasse diligence pour que la duchesse d'Albanie ne soit plus chez elle lorsque le roi y reviendra. Les deux cours vont se réunir dans un château situé sur la frontière, et c'est là que s'accompliront, sans doute, les projets de ma maîtresse contre sa sœur. Je suppose bien que la duchesse d'Albanie et son noble époux vont rester captifs dans cette forteresse où on les invite à des fêtes.

(Il s'en va.)

SCÈNE NEUVIÈME.

LE ROI LEAR, LE FOU, KENT, EDGARD.

LE ROI.

Sortir ainsi seul, à pied, de ce palais! Comment allons-nous retrouver notre chemin, mon pauvre fou?

LE FOU.

En le demandant, mon bon maître, puisque nous voilà reduits à la simple condition
des plus misérables passans.

(Kent et Edgard se montrent.)

LE ROI.

Quels sont ces gens de mauvaise mine
qui viennent vers nous ?

LE FOU.

Depuis que j'ai vu les grands seigneurs
se montrer lâches et perfides , je n'ai plus
la moindre défiance de ceux qui portent des
haillons. Holà! mes bons amis pourriez-vous
nous enseigner le chemin le plus court pour
sortir du duché de Cornouailles ?

KENT.

Moi je suis un pauvre aveugle, mais
voilà mon jeune fils , un gaillard qui a de
bonnes jambes, qui saura vous guider. Seulement il faudra me souffrir dans votre
compagnie, car je ne peux pas rester seul
ici.

LE ROI.

Nous voilà une belle escorte digne d'un Roi détrôné ; qu'en dis-tu mon fou ?

LE FOU.

Il me semble que nous n'en avons jamais eu de plus noble et de plus sûre.

LE ROI.

Comment l'entends-tu ?

LE FOU.

Tant de cœurs faux se cachent sous de brillans habits qu'il ne serait pas étonnant de rencontrer le dévouement et la loyauté sous des haillons.

KENT (au fou, à part).

Tu m'as reconnu.

LE FOU.

A la première vue et j'aurais voulu pouvoir me jeter à vos pieds.

KENT.

Homme généreux quelle âme ton rôle nous empêchait de voir.

LE ROI.

Eh bien partons-nous. Mais avant cela il

faut régler le salaire de nos conducteurs.
Je leur donnerai ma chaine d'or et mon
gobelet, les seuls joyaux qui me restent.

KENT.

De pauvres gens comme nous sont accoutumés à marcher; garde ta chaîne et
ton gobelet, pauvre seigneur, nos bras et
nos jambes sont à ton service.

LE ROI.

Des larmes de reconnaissance mouillent
mes yeux, voici la première joie qui me
touche depuis que je ne suis plus Roi.

LE FOU.

Il ne tient pas compte de ce que je fais
moi; au fait, rien n'est plus naturel, il
était mon maître, et je ne l'ai pas quitté.

EDGARD (s'approche du roi).

Mon bon Seigneur, daignez vous appuyer
sur mon bras, je soutiendrai votre marche.
Où allons-nous?

LE ROI.

Chez la duchesse d'Albanie.

KENT.

N'aimeriez-vous pas mieux vous rendre en France?

LE ROI.

Non, pas avant que j'aie encore éprouvé la pitié de la duchesse dont je suis le père, car vous voyez en moi le Roi Lear.

KENT.

Je le savais, mon bon maître.

LE ROI.

Tu le savais, et tu osais discuter mon dessein !

KENT.

Commandez à vos serviteurs, mon souverain, ils n'ont pas d'autre volonté que la vôtre.

(A part à Edgard.)

Il faut encore le satisfaire en cela. Pendant ce tems-là, je vais faire prévenir la reine de France de tout ce qui se passe ici.

La toile se baisse.

ACTE QUATRIÈME.

(Une salle d'armes dans un château saxon.—
Des Seigneurs des Cours de Cornouailles et
d'Albanie.)

GONERILLE, REGANE, OSWALD.

GONERILLE.

J'ai cédé à votre desir, ma sœur, me
voilà chez vous ; mais il me semble que
vous avez choisi un séjour bien lugubre
pour y donner des fêtes.

REGANE.

Nous saurons embellir cette demeure,
ma chère duchesse, ne vous en mettez
point en peine ; mais, ayant aussi le projet
de chasser, je ne pouvais pas trouver un
lieu plus favorable à ce plaisir : nous sommes ici environnées de forêts.

GONERILLE.

C'est juste ; mais que pensez-vous que va
dire notre père lorsqu'il ne trouvera personne dans mon palais pour le recevoir?

REGANE.

Il prendra encore une nouvelle leçon de patience et ces voyages repétés finiront peut-être par user cette vie que l'on croirait immortelle.

GONERILLE.

Au fond son malheur me fait pitié.

REGANE.

A votre aise, ma sœur, alors il fallait prendre soin de lui.

GONERILLE.

J'ai suivi vos conseils.

REGANE.

Épargnez-moi vos réflexions, ne songeons s'il vous plaît qu'à régler les intérêts de nos deux royaumes et à faire diversion à ces graves débats par les plaisirs qui ne nous manqueront pas.

GONERILLE.

Vous élevez des prétentions qui ne me semblent pas justes, Regane. On m'a montré les limites que vous voulez assigner à votre royaume, moi je soutiens que vous em-

piétez sur les états que mon père m'a con-
cédés.

REGANE.

Soit, je vous les abandonnerai, à la condition que vous allez me reconnaître pour
votre héritière en cas que vous mourriez
sans enfans.

GONERILLE.

Cet acte je le ferai volontiers quand je
serai plus vieille.

REGANE.

Cela n'est pas prudent, car s'il vous sur-
venait un malheur, Cordélia rentrerait en
maîtresse ici pour réclamer sa part de vos
Etats.

GONERILLE.

Dans ce château, je vous l'avoue, je ne me
sens pas libre.

REGANE.

Que craignez-vous de moi? Ne pourrez-
vous pas changer l'acte plus tard, si je vous
donnais quelque sujet de plainte? Le meilleur moyen au contraire de vous assurer

mon alliance est de m'enchaîner par l'obligation de mériter que votre don soit main-
tenu.

GONERILLE.

Eh bien soit ! Allons signer cet acte.

REGANE.

Venez, chère sœur. (*Haut à Oswald.*)
Que tout s'apprête pour la chasse. (*Tout
bas.*) Songe à ce que tu as promis.

OSWALD.

Mon coup d'œil est sûr. La flèche atteindra le but.

SCÈNE DEUXIÈME.

Fanfares au dehors.

Les Précédens , REGANE et GONERILLE
rentrent.

REGANE.

Encore le Roi, il nous poursuivra donc
partout.

GONERILLE.

Envoyez lui quelques secours sans le
faire entrer.

REGANE.

On l'a déjà introduit, je l'entends qui survient.

SCÈNE TROISIÈME.

Les Précédens, LÉAR, EDGARD, le Comte de KENT, LE FOU.

REGANE.

Quelle suite! qu'on jette à la porte tous ces manans qui viennent salir les dalles de notre palais.

KENT.

Puisqu'on a chassé les chevaliers que le Roi s'était réservé, il a bien fallu qu'il appelât à lui les hommes de bonne volonté. Ce n'est pas notre faute à nous si les seigneurs que Lear a enrichis se sont détachés de lui pour servir les nouvelles souveraines. Au reste, nous avons fait de notre mieux et pour que les pieds du vieillard ne fussent pas souillés par la boue, déchirés par le roc, nous l'avons porté sur nos épaules.

LEAR.

Mes filles, je me présente une dernière fois devant vous, la prière sur les lèvres, ne me rejettez pas.

GONERILLE.

Que ne restiez vous chez ma sœur.

REGANE.

Vous avez quitté Gonerille avant le tems, je ne vous dois rien.

GONERILLE.

Croyez-moi, partez pour la France.

LÉAR.

Oui, je vais auprès de votre sœur porter mes ressentimens, je le reconnais trop tard, elle seule me donnait une preuve de tendresse en mesurant les paroles de son dévoûment.

EDGARD (à Kent, à part).

Mon frère Oswald est ici, j'ai envie de l'avertir du danger qu'il court, et de sauver par ce moyen la duchesse d'Albanie.

KENT.

Sur la vie du Roi, gardez-vous de commettre une pareille imprudence. Pas un mot je vous prie, d'ailleurs des renforts nous arrivent. Cordélia sera ici à tems pour empêcher que ce forfait s'accomplisse.

LEAR.

Partons mes fidèles, exposons nous encore une fois à l'inclémence de l'air. J'aime mieux mourir de froid et de misère que de rester plus long-tems auprès de ces deux infâmes.

(Regane et Gonerille chassent le Roi.)

REGANE.

Allez, vieux radoteur, qui ne savez ni ce que vous dites, ni ce que vous voulez.

GONERILLE.

Portez ailleurs vos malédictions, oiseau de malheur.

LEAR.

La vengeance divine plane sur vos têtes; elle ne tardera pas à vous atteindre.

(Il sort.)

REGANE.

Chevaliers que l'on s'apprête pour la chasse.

SCÈNE QUATRIÈME.

Au fond du théâtre on voit la mer. A droite,
finit une forêt ; la gauche est découverte et
accidentée de rochers qui forment des hauteurs sur les bords de l'Océan. On entend au
loin les fanfares de la chasse ; un cerf traverse la plaine et rentre dans la forêt.

LE DUC D'ALBANIE (Seul).

Il se trame certainement quelque chose
contre nous, et puisque je suis parvenu à
m'échapper de la chasse, je vais retourner
dans mes domaines et rassembler au plus
tôt une armée pour défendre Gonerille et
l'arracher au pouvoir de sa sœur. Regane
est un monstre : elle a entraîné la duchesse
d'Albanie, par son exemple, à méconnaître
ses devoirs de fille, et elle en sera certainement victime. Par où aller pour ne rencontrer aucun des gens du duc de Cornouailles,
le digne époux de ma belle sœur? Si je
voyais une barque, je m'enfuirais par les
côtes ; mais le ciel est menaçant : il fera
certainement une tempête avant peu.

SCÈNE CINQUIÈME.

LE DUC, OSWALD, GONERILLE, REGANE.

OSWALD.

Noble duc, ma maîtresse vous cherche, elle voudrait vous avoir à ses côtés pendant la chasse.

LE DUC (à part).

Je suis surveillé ; il faut revenir. Le soupçon hâterait ma perte.

(Haut.)

La vue de la mer me plaît infiniment : j'étais arrêté à regarder cet orage qui se forme là-bas. Dans un instant je vous rejoins.

OSWALD.

La duchesse de Cornouailles est près d'ici à vous attendre ; je suis à vos ordres pour vous ramener auprès d'elle.

LE DUC D'ALBANIE.

S'il en est ainsi, partons, Oswald. Ma sœur a en toi un serviteur bien intelligent.

(Ils s'éloignent.)

(Des Seigneurs et les Princesses, à cheval, traversent rapidement le théâtre. — Des fanfares. — Le Duc et Oswald arrivent par derrière. Gonerille se rapproche de son époux, ils restent à l'écart.)

GONERILLE.

Ne me quittez pas, pour l'amour de moi, mon cher duc ; je ne sais ce qui se passe, mais Regane affecte une tendresse pour moi qui me cause de l'inquiétude.

LE DUC D'ALBANIE.

Le mieux serait de nous échapper....

GONERILLE.

Je veux me sauver la première. Occupez la duchesse pendant que je mettrai mon cheval au galop au premier détour.

(Ils passent.)

REGANE (se rapprochant d'Oswald).

Lorsque le duc sera engagé dans une conversation avec moi et entouré de manière à ne pas pouvoir s'échapper, surveille Gonerille : je vois qu'elle commence à concevoir quelque crainte ; elle va vouloir s'enfuir. Ton trait l'atteindra, et tu auras soin de t'assurer si la blessure est mortelle.

OSWALD.

Tout sera fait ainsi que vous le souhaitez.

(En ce moment Gonerille se dirige au galop vers le
fond de la forêt. Oswald part d'un côté opposé, mais
pour la rejoindre.)

LE DUC D'ALBANIE.

Je vais suivre Gonerille : elle s'engage
seule dans la forêt, je crains qu'il ne lui
arrive quelque chose.

REGANE.

Mon cher duc, tous les environs sont
remplis de mes gens et des vôtres, il n'y a
pas le moindre risque : laissez notre sœur
en liberté. Ce site est magnifique, nous fe-
rions bien de nous y reposer et d'y prendre
le repas que mes officiers de bouche ont
apporté. Allons attacher nos chevaux sous
les arbres, et les trompettes sonneront pour
attirer nos gens par ici. Gonerille entendra
cet appel, et elle nous rejoindra.

(Ils vont vers la forêt, disparaissent, et reviennent à
pied. Le duc d'Albanie est entre deux officiers de
Regane.)

(Des cris partent de la forêt.)

11

REGANE.

Qu'est-ce cela?

LE·DUC D'ALBANIE.

Ce sont mes gens qui appellent au secours; il y a quelque trahison.

REGANE (à ses officiers).

Ne souffrez pas que le duc s'éloigne avant
que ses soupçons soient éclaircis

(Les gardes se rapprochent du Duc.)

LE DUC.

Suis-je prisonnier?

REGANE.

Jusqu'à ce que nous soyons justifiés,
mon frère.

SCÈNE SIXIÈME.

Les Précédens. Deux Soldats du duc d'Albanie amènent Oswald qu'ils tiennent par les
bras.

UN SOLDAT (au duc d'Albanie).

Nous avons laissé la duchesse assassinée
et sans vie à cent pas d'ici. Ce jeune officier
est l'auteur de ce crime.

REGANE.

Si tu dis vrai, il va subir un châtiment aussi horrible que sa noire perfidie. Notre sœur, misérable, tu as osé attenter aux jours de notre sœur ! Tu l'as tuée ?

LE SOLDAT.

Elle n'est que trop bien morte.

LE DUC.

Je veux aller voir s'il ne reste aucun moyen de la secourir.

REGANE.

Que l'on accompagne mon frère, pour moi je veux en finir avec ce scélérat.

(Le Duc s'en va , toujours suivi des gardes de Regane.)

OSWALD (à la duchesse).

Je compte sur votre clémence, princesse.

REGANE (sans lui répondre).

Que l'on pende ce malfaiteur.

OSWALD.

Ma souveraine, je vous en conjure, ayez pitié de moi, je n'ai rien fait que par vos ordres.

REGANE.

Imposteur! Tu ne diras pas un mot de
plus; qu'il meure sur-le-champ, et que son
corps reste la proie des oiseaux sauvages.

(On emmène Oswald.)

(à sa suite.).

Maintenant allons vers ma malheureuse
sœur.

SCÈNE SEPTIÈME.

La nuit vient par degrés, il fait tout-à-fait
  sombre, l'orage gronde dans le lointain; à
  la lueur des premiers éclairs on voit le
  corps d'Oswald suspendu à un arbre. La
  mer est très-agitée; on aperçoit des vaisseaux à l'horizon.

LEAR, KENT, EDGARD, LE FOU.

LEAR.

Arriverons-nous bientôt, mon bon Kent?

KENT.

C'est ici, mon noble souverain, et déjà, à
la lueur des éclairs je découvre les vaisseaux qui nous amènent les secours du Roi

de France et des nouvelles de votre bien
aimée Cordélia.

LEAR.

Je mourrais de honte s'il fallait me retrouver en suppliant devant cette fille si
indignement chassée.

KENT.

Elle n'a pas cessé un seul instant de vous
honorer et de vous bénir.

LEAR.

Ton retour auprès de moi est un gage de
sa sollicitude. Mes yeux affaiblis par les
pleurs ne t'ont pas reconnu tout d'abord ;
mais peu à peu le son de ta voix s'est insi-
nué dans mon souvenir et ta présence m'a
rendu le courage. Quel est ce jeune homme
qui est avec toi ? S'il m'en souvient tu
n'avais pas de fils ?

KENT.

La guerre a moissonné tous ceux qui
sont nés de moi.

LEAR.

Ah! tu n'as pas d'enfans, je t'en félicite
Kent, moi je pleurerai toute ma v e pour
en avoir eu.

KENT (à part).

Sa tête s'affaiblit de plus en plus. Grands Dieux conservez lui assez de raison pour qu'il reconnaisse Cordélia et jouisse de quelques jours de repos.

(Au roi.)

Sire, le brave jeune homme qui m'accompagne est le fils du comte de Glocester. Sa vie est en péril comme la nôtre.

LEAR.

Est-ce qu'il a aussi livré son héritage à ses filles avant sa mort?

LE FOU.

Mon bon maître, voilà des vaisseaux qui fendent les mers, ils s'approchent; votre fille Cordélia envoie une armée pour vous rendre votre couronne.

LEAR (avec terreur).

Cachez-moi, que mes filles ne me découvrent pas, j'ai vu du poison sur leurs lèvres, des poignards dans leurs yeux, elles m'arracheraient violemment ce qui me reste de vie, si nous nous rencontrions encore une fois.

(Edgard, qui est allé du côté où est le corps de son frère, revient vers Kent.)

EDGARD.

Comte de Kent, un cadavre est suspendu à l'un des chênes de la forêt.

KENT.

Dans le tems où nous vivons les exécutions ne sont pas rares.

EDGARD (seul).

La faveur des princes ne peut pas être aussi passagère. C'est sans doute la nuit qui donne à ce fantôme l'apparence de mon frère Oswald.

LE FOU.

C'est singulier, la même idée m'a frappé.

SCÈNE HUITIÈME.

LES PRÉCÉDENS, LE DUC D'ALBANIE enveloppé d'un manteau.

KENT.

Silence, un homme s'approche de ce côté.

Ne lui parlons pas avant de nous être assurés que personne ne le suit.

LE DUC.

Quel tems! le ciel semble prêt à foudroyer les hommes et à effacer toute trace de la terre en l'abymant de nouveau sous les eaux.

(Des éclairs.)

Il y a des hommes de ce côté, holà ! mes bons amis, qui êtes vous?

LE COMTE DE KENT.

Des mendiants, des malheureux ; notre costume vous dispenserait de nous demander notre qualité, s'il faisait jour.

LE DUC.

Alors vous êtes justement de ceux que je cherche, car pour de l'or vous me conduirez dans mon pays.

KENT (à part).

C'est le duc d'Albanie.

LE DUC.

Pour vous-mêmes mes honnêtes gens, il n'est pas sûr de rester ici. Ce duché va être le théâtre d'une guerre. Il est arrivé de terribles événemens à la cour de Cornouailles.

KENT.

Les pauvres gagnent toujours quelque chose aux querelles des riches, et le duc d'Albanie lui-même souhaiterait peut-être en ce moment de n'être qu'un mendiant.

LE DUC.

Si tu m'as reconnu, bon homme, tu dois savoir que je payerai généreusement ton assistance.

KENT.

Ma fidélité est engagée ailleurs. Je défends ici un pauvre vieillard, chassé par ses filles et ses gendres de palais en palais, et qui n'a plus que le ciel pour abri.

LE DUC.

Le Roi Léar! alors tu es le comte de Kent.

KENT.

Puisque tu nous a découverts, Duc, tu deviens notre prisonnier. Edgard, veillez sur tous les mouvémens du prince. Vous

11*

m'excuserez, noble seigneur ; mais nous n'avons pas envie que vous ailliez avertir la duchesse de Cornouailles et votre auguste épouse que des proscrits sont auprès d'elle.

LE DUC.

Gonerille n'existe plus, elle est morte victime de la trahison de sa sœur... Le duc et la duchesse de Cornouailles sont aujourd'hui mes seuls ennemis.

KENT.

Puissance du ciel! Tu commences déjà à punir les coupables.

LE DUC.

Le jeune Glocester, Oswald le favori de Regane, a payé de sa vie son obéissance aux ordres de sa maîtresse !

EDGARD.

Oh mon frère! je ne m'étais donc pas trompé?

KENT.

Duc d'Albanie, je vois que nous pouvons nous ouvrir à vous. La tempête retient en ce moment en pleine mer les vaisseaux du

Roi de France. Un débarquement va s'opérer sur cette côte-ci même, entre ces rochers; voulez-vous combattre pour le malheureux Roi que ses filles ont si inhumai-
nement trahi?

LE DUC.

Je n'aspire qu'à me jeter à ses pieds et à
obtenir de lui-même le droit de le défendre.
Où est-il?

KENT.

Là, sous l'abri d'un manteau; lui qui a
donné ses palais avant l'heure où il devait
descendre dans la tombe. Il dort en ce moment, vous lui parlerez à son réveil, mais
vous aurez de la peine à en obtenir une réponse précise, son esprit ne semble plus
capable d'entendre ce qu'on lui dit.

(Le tems s'est éclairci peu à peu, les vaisseaux se sont
    rapprochés, et le débarquement s'opère derrière les
    rochers.)

SCÈNE NEUVIÈME.

Le jour vient graduellement pendant cette
scène.

Les Précédens, LE ROI DE FRANCE, COR-
DÉLIA, enveloppés dans des manteaux. Un
Officier les précède.

(L'Officier fait entendre le son du cor.)

KENT.

Le mot d'ordre.

L'OFFICIER.

Père et patrie.

KENT.

Bonheur! ce sont les nôtres. Approchez,
envoyé du Roi de France, vous voyez en
moi le comte de Kent.

CORDÉLIA.

Mon digne ami, mon fidèle Kent, n'arri-
vons nous pas trop tard?

KENT.

Vous ici, Cordélia, ma royale maîtrese

Quoi! vous n'avez pas craint de venir en
personne courir les risques de cette guerre!
Oui! votre père existe encore, mais hélas
que ses malheurs l'ont affaibli!

CORDÉLIA.

J'ai suivi mon époux, et je viens secourir mon père ; avez-vous pensé, noble
Kent, que la couronne dût assez me changer pour me faire oublier ces devoirs. Où
est-il, ce malheureux monarque que ses
filles ont abreuvé de tant d'humiliation?

LE FOU.

Il est là, Madame, il repose. C'est la
première fois depuis bien des jours que le
sommeil le visite aussi long-tems; je n'ose
pas l'éveiller.

CORDÉLIA.

Garde-t'en bien, bon serviteur. Je sais
tout ce que tu as fait pour ton maître; je
ne souffrirai plus désormais que tu portes
l'habit d'un fou. Le titre de baron, des terres, et une charge à la cour seront une
faible récompense de ton mérite.

LE FOU.

Laissez - moi, Madame, porter l'habit

sous lequel mon maître me reconnaît ; que,
jusqu'à la fin de sa vie, il puisse me garder
un nom qui lui rappellera un sujet loyal.
Et puis, voyez-vous, si vous me payiez trop
bien, cela mettrait le dévouement en vogue,
et, au prix où vous l'estimez, vous seriez
bientôt ruinée.

LE ROI DE FRANCE.

Ma chère Cordélia, vous agissez ici un
peu en femme, vous disposez des droits
du vainqueur avant d'avoir commencé la
guerre.

CORDÉLIA.

La guerre ! et contre mes sœurs ! Que
cela est affreux.

LE DUC D'ALBANIE.

Ma sœur, je me suis engagé d'avance à
être votre allié.

LE ROI DE FRANCE.

Duc, cette soumission sauvera votre couronne.

LE DUC D'ALBANIE.

Je n'y ai plus de droits ! le duc de Kent

vous en donnera les motifs dans un autre moment ; mais je puis encore lever une armée en Albanie, et je la mettrai à votre disposition.

 EDGARD (au roi de France).

Mon père, le comte de Glocester, viendra à la tête de ses vassaux se ranger sous l'obéissance de Votre Majesté, si l'on peut le faire prévenir de ce qui se passe.

LE ROI.

Le comte de Kent lui enverra un avis. Le comte de Glocester et son fils aîné sont déjà inscrits au nombre de ceux que nous comptons pour nos alliés.

LE COMTE DE KENT.

Son fils est le jeune homme qui parle à Votre Majesté.

CORDÉLIA (qui s'est rapprochée de son père).

Il commence à faire un mouvement ; il va s'éveiller.

LEAR.

Que l'on appelle mes filles, afin que je leur partage mon royaume.

CORDÉLIA (au comte de Kent).

Est-ce un rêve, ou bien sa raison aurait-elle succombé?

LEAR (avec colère).

N'ai-je pas des serviteurs pour m'obéir?

KENT.

Me voici, mon bon maître; que voulez-vous?

LEAR.

C'est toi, Kent. Alors je ne suis plus roi, tu m'as pris ma couronne, et tu l'as donnée à Cordélia.

CORDÉLIA (à genoux).

Mon père, me voici à vos pieds, j'arrive de France pour vous replacer sur le trône et punir vos ennemis. Mon époux est, comme moi, soumis à votre obéissance.

LEAR.

Viens-tu m'annoncer qu'une mort prochaine va m'affranchir de mes tourmens, toi qui te montres à moi sous l'apparence d'un esprit bienheureux. Je te reconnais, tu es ma fille Cordélia que j'ai chassée de

mes États, et tu me pardonnes. La vieillesse
m'avait rendu insensé, c'est là mon excuse.

CORDÉLIA.

Que Votre Majesté daigne me bénir
comme son enfant, je n'ai pas quitté la
terre, et mon seul amour filial m'a conduite
ici.

LEAR.

Ta voix est un baume bienfaisant, parle
encore, fille bien aimée; le calme rentre
dans ma tête, mes idées s'éclaircissent, et,
si je me rappelle mes douleurs passées,
c'est pour te bénir de venir y mettre un
terme; mais ne crains-tu pas de t'exposer
dans ce pays soumis à tes sœurs?

CORDÉLIA.

Je suis dans ma première patrie, dans le
royaume de mon père : qui pourrait me
traiter en ennemie?

LEAR.

C'est donc ainsi que tu entendais tes devoirs de fille , lorsque je te trouvais si

froide à les exprimer? Et, dans ma folie, j'ai repoussé cette tendresse. Pardonne-moi, douce et chère enfant; mais nous allons de nouveau assembler le conseil et tu seras reine.

KENT (à part).

Hélas! cet éclair de raison va-t-il déjà s'obscurcir?

CORDÉLIA.

Tous les cœurs fidèles se rallieront à vous.

LE FOU (à part).

Nous n'étions que trois hier; mais notre parti s'augmentera promptement lorsque l'on saura que nous avons des armées pour appuyer nos prétentions.

LE ROI DE FRANCE.

Il serait imprudent de rester plus long-tems isolés ici, allons rejoindre l'armée, et mettons la reine et son père à l'abri de toute atteinte.

EDGARD (en s'en allant).

Aussitôt que je le pourrai, je viendrai

rendre les honneurs funéraires au malheureux Oswald.

La toile se baisse.

ACTE CINQUIÈME.

SCÈNE PREMIÈRE.

(Une salle du Palais.)

LE ROI LEAR sur son trône, CORDÉLIA à
ses côtés, KENT, LE FOU, Officiers, Gardes, Pages.

KENT.

La victoire vous a rendu vos états, mon
souverain.

LEAR.

Cordélia, ma fille bien-aimée, ne me
trouveras-tu pas bien faible, si je demande
que l'on fasse grâce de la vie à tes coupables
sœurs?

CORDÉLIA.

Les Dieux ont prévenu la clémence que
j'aurais été heureuse d'exercer. Gonerille a
péri par les ordres de Regane, et la mal-

heureuse duchesse de Cornouailles a été massacrée par ses propres sujets , ainsi que son époux.

LEAR.

Ce sont là d'affreuses nouvelles pour ma vieillesse ; mais puisque Regane et Gonerille se sont perdues elles-mêmes , je dois me soumettre à la volonté du destin.

SCÈNE DEUXIÈME.

Les Précédens, LE ROI DE FRANCE, LE COMTE DE GLOCESTER , LE DUC D'AL-BANIE , EDGARD,

LE ROI DE FRANCE (au roi Lear).

Vénérable monarque, nous t'avons rendu le bien qui t'appartenait, nous allons prendre congé de toi pour retourner dans nos Etats. Ta couronne est affermie , nous te laissons de loyaux conseillers dans les comtes de Kent et de Glocester ; le duc d'Albanie t'a donné des preuves de son dévouement, il nous reste à te recommander

la fortune de ce jeune homme qui a contribué , par sa vaillance, à nous faire triom-
pher.

(Il désigne Edgard au Roi.)

LEAR.

Ce royaume est le vôtre et non le mien,
roi de France, je donne mes Etats à Cordélia, et je ne veux plus accepter pour moi
la responsabilité du trône.

LE ROI DE FRANCE.

Si telle est votre volonté, nous pren-
drons la direction des affaires; mais vous
ne vous refuserez pas à garder le titre que
nous voulons honorer dans le père de la
reine de France.

LEAR.

Je ne veux plus être roi que pour récompenser ceux qui m'ont suivi dans l'exil.

CORDÉLIA.

Pour ceux-là ils peuvent compter sur notre tendresse, et nous serons heureux de
joindre notre reconnaissance à la vôtre.

LEAR (à son fou).

Que souhaite-tu, toi, mon vieil ami?

LE FOU.

Rien à présent, noncle, que de rester long-tems votre fou.

LEAR.

Ah ! j'avais oublié ton ancien langage.

LE FOU.

Je ne serai pas le seul qui vous parlera désormais comme à son maître.

LE DUC D'ALBANIE.

Puis-je espérer d'obtenir le pardon de mon père?

LEAR.

Ceux qui sont rentrés en grâce auprès de ma fille n'ont rien à craindre de moi.

LE COMTE DE GLOCESTER (à son fils).

J'espère qu'aucun événement ne me séparera plus de toi, mon fils aimé, unique soutien de ma vieillesse; moi aussi, j'aurais à te demander d'oublier ma facilité à croire aux accusations qui se sont élevées contre toi.

EDGARD.

Tant d'apparences me condamnaient, que vous ne pouviez pas faire autrement ; mais avec quelle tendresse vous m'avez rappelé pour me rendre mes droits.

La toile se baisse.

LE DORMEUR ÉVEILLÉ.

12

PERSONNAGES.

ABOU-HASSAN, fils d'un marchand de Bagdad.

Le Calife HAROUN-ARRECHYD.

GIAFAR, Grand-Visir.

MESROUR, chef des esclaves.

TAHEL,
BOUBEKYR, } Amis d'Abou-Hassan.

La Princesse ZOBÉIDE, épouse du Sultan.

PIROUZÉ, mère d'Abou-Hassan.

NOUZAHTOUL-AOUADAT, favorite de Zobéide.

Des Esclaves du harem. Hommes et Femmes.

Des Huissiers.

Le Juge de police.

Des Danseuses ; des Musiciennes.

Grands Seigneurs, Officiers, Nègres, etc.

(*La Scène se passe à Bagdad.*)

Aboul Hassan, tu as donc juré de me faire
mourir de rire.

ACTE PREMIER.

SCÈNE PREMIÈRE.

Intérieur d'une maison orientale.

PIROUZÉ, ABOU-HASSAN.

PIROUZÉ.

Je vous en avertis, mon fils, vos divertissemens ont épuisé le coffre où vous aviez mis l'or économisé par votre sage père. Aurez-vous le courage de rompre toutes les habitudes que vous avez prises et de prendre la vie sobre qui va convenir à votre fortune actuelle ?

ABOU-HASSAN.

Croyez-vous donc, ma bonne mère, que mes amis oublieront les plaisirs que je leur ai procurés ; je vais leur déclarer franchement que l'état de ma bourse ne me permet plus de tenir table ouverte, vous allez voir quelles seront leurs offres, ils voudront me prêter de l'argent ou me régaler si bien à leur tour que je me croirai plus riche qu'auparavant.

PIROUZÉ.

Pour votre bonheur il n'en sera point
ainsi, Abou-Hassan, et vous deviendrez
sage malgré vous. Il est d'ailleurs grand
tems que vous songiez à vous établir, et
telle est votre réputation que nulle fille
bien élevée ne consentirait à venir demeurer ici.

ABOU-HASSAN. ·

Qu'ai-je donc fait pour m'attirer le blâ-
me, ma mère? L'argent que je dépense est
bien à moi. Il a plu à mon père de me tenir
si sévèrement dans ma jeunesse, que, pour
réparer le tems perdu, j'ai pris sur son héritage une somme destinée à me faire mener
joyeuse vie. Cette somme je l'ai honorable-
ment dépensée avec de bons amis, sans
causer le moindre dommage à personne;
je n'ai point de dettes; je laisse mon pro-
chain en repos, et je voudrais bien savoir
qui ose se mêler de médire de moi.

PIROUZÉ.

De respectables gens, mon fils. L'Iman
de la Mosquée prêche continuellement con-

tre les prodigues dans ses sermons, il dé-
peint le débauché sous des traits qui sont
les vôtres, et tandis qu'il parle, votre nom
circule dans tous les esprits; aussi le quartier entier pense-t-il mal de vous, et comme
cela arrive souvent, la médisance va fort
au delà de la vérité.

ABOU-HASSAN.

Votre Iman est connu pour un hypocrite
et un menteur. Pourquoi se plaint-il de
moi? c'est qu'il voulait que je lui donnasse
mon bien au lieu de le dépenser. Et qu'en
aurait-il fait lui-même, sinon l'employer à
la bonne chère avec ses infâmes conseillers, quatre vieillards aussi misérables que
lui?

PIROUZÉ.

Ces gens-là, je l'avoue, ne méritent aucune considération pour leur conduite per-
sonnelle; mais ils sont nommés par le Calife, et, à ce titre, nous leur devons du
respect. D'ailleurs, ils peuvent faire beaucoup de mal, et il est prudent de les ménager.

ABOU-HASSAN.

Les ménager, c'est de la faiblesse ; que
peuvent-ils ajouter contre moi, cet Iman et
ces quatre vieillards, quand ils ont dit que
je dépense mon argent avec mes amis ; je
ne m'en cache pas non plus.

PIROUZÉ.

Aussi en parlent-ils à peine ; mais voici
comment s'exprimait l'autre jour l'Iman,
après vous avoir désigné à sa manière : Si
le débauché se bornait à retenir le bien des
pauvres en dépensant follement son or,
nous pourrions fermer les yeux sur ses fautes ; s'il s'abstenait de contribuer pour sa
part à maintenir la splendeur de la mosquée, nous prendrions patience, car assez
d'autres âmes pieuses y songent pour lui ;
mais il offense Mahomet en buvant du vin,
et lorsque chaque soir il est dans l'ivresse,
il maltraite sa respectable mère, une femme
qui lui est si dévouée que, pour cacher ses
souffrances, elle fait bonne mine à ceux
qui la viennent voir, et parle toujours du
respect que son fils a pour elle, et du soin
qu'il prend de sa vieillesse.

ABOU-HASSAN.

Voilà qui est infàme ! ces gens-là mérite-
raient la bastonnade ; mais à qui se plaindre d'eux. Oh ! si le Calife pouvait être in-
formé de tout !

PIROUZÉ.

Mon fils, si un homme bien famé allait
raconter les torts journaliers de l'Iman et
de ses conseillers, on le croirait ; vous ne
pouvez pas vous faire dénonciateur sans
que l'on vienne s'enquérir de vos actions,
et , franchement , votre vie dissipée ne
donnerait pas un grand poids à vos paroles.

ABOU-HASSAN.

La sagesse était au fond de ma bourse,
ma chère mère, vous l'en avez fait sortir
en tirant mes dernières pièces d'or de cette
réserve ; vous allez voir comme je vais être
sobre à présent, et, excepté les réjouissances que je me permettrai à mon tour chez
mes amis, l'Iman, ni les gens du quartier
n'auront plus rien à reprendre dans ma
vie.

PIROUZÉ.

Votre père ne prêtait ni n'empruntait jamais ; il avait peu d'amis, à la vérité, mais
il les a conservés jusqu'à la fin de ses jours.

ABOU-HASSAN.

Au moins avons-nous un beau repas pour
ce soir ?

PIROUZÉ.

Un des meilleurs que vous ayez encore
donnés.

ABOU-HASSAN.

Eh bien ! ma bonne mère, faites les préparatifs dans la salle voisine, car j'ai résolu
d'éprouver mes amis, avant même de me
mettre à table.

PIROUZÉ.

Je vous laisse pour aller faire un tour à
la cuisine.

(Elle sort.)

SCÈNE DEUXIÈME.

ABOU-HASSAN et deux Amis qui viennent
successivement.

(On frappe en dehors.)

ABOU-HASSAN.

Ah! j'entends quelqu'un à la porte, je
vais ouvrir.

TAHEL.

Bon soir, mon cher Abou-Hassan, il faut
que votre compagnie me soit bien précieuse
pour que vous me voyiez ce soir; j'étais
convié à une noce; mais je préfère à tout
nos joyeuses soirées, votre aimable entretien, et je suis venu.

ABOU-HASSAN.

Vous avez fait un plus grand sacrifice
que vous ne l'imaginiez, honnête Tahel ;
car nous aurons un maigre souper aujour-
d'hui, et je me sens l'âme triste.

TAHEL.

Et par quelle aventure, s'il vous plaît?

12*

ABOU-HASSAN.

Voilà près d'une année que je tiens table ouverte, et je ne m'en repens pas ; mais ma bourse est épuisée, et comme il ne me reste plus que le revenu de quelques biensfonds, j'ai résolu de renoncer à recevoir ; mais en reconnaissance de ce que j'ai fait, je compte bien que mes amis vont s'entendre pour me donner à souper à leur tour.

TAHEL.

Votre exemple m'est un sage avertissement, mon cher Abou, et je veux, comme vous, me retirer du monde. Un riche marchand me proposait, hier, de quitter Bagdad, pour venir avec lui à Schiraz où nous pourrions gagner quelqu'argent. J'étais indécis pour accepter ; je vais partir, m'y voilà déterminé.

ABOU-HASSAN.

Au moins, mon cher ami, vous me prêterez bien trente pièces d'or pour que je puisse encore donner quelques soupers.

TAHEL.

A mon retour, si mes affaires prospè-

rent, vous pouvez compter que je mettrai
ma bourse à votre disposition ; mais, pour
voyager, je n'ai que bien juste ce qu'il me
faut, et vous m'en voyez désolé.

ABOU-HASSAN.

Eh bien ! nous n'en souperons pas moins
ensemble comme deux amis.

TAHEL.

Je le voudrais ; mais, à présent je me
rappelle que mon marchand m'attend chez
moi, recevez donc mes adieux.

ABOU-HASSAN (avec ironie).

Bon voyage, excellent Tahel.

TAHEL.

Vous allez vous ranger aussi, je vous en
félicite ; car on parle beaucoup dans la
ville de la folle dépense que vous faites.

ABOU-HASSAN (en le reconduisant).

Vos avis sont un peu tardifs, sage Tahel.

(Il revient seul.)

Hum ! voilà qui commence mal, mais
Tahel est un lâche sur lequel je ne faisais

pas grand fonds. Voyons ce qu'il en sera
des autres.

(Un second ami.)

Vous venez à propos, mon digne Boubekyr, n'avez-vous pas rencontré Tahel
dans la rue?

BOUBEKYR.

Oui, vraiment, il a voulu me retenir
pour me parler; mais j'étais pressé de vous
voir, et j'ai eu soin d'éviter sa rencontre
en feignant de ne pas le reconnaître.

ABOU-HASSAN.

Tahel est un traître, un misérable ami
qui vient de me refuser le premier service
que je lui aie demandé.

BOUBEKYR.

Si je puis le remplacer en cela, mon cher
Abou-Hassan, disposez de moi.

ABOU HASSAN.

Ah! j'en étais sûr, et votre offre me fait
d'autant plus de bien, que je commençais
à craindre que ma mère eût raison, lorsqu'elle me répète que les fous n'ont point
d'amis dans l'adversité.

BOUBEKIR (effrayé).

Est-ce qu'il vous serait arrivé malheur
dans votre fortune? Alors vous voyez en
moi le plus malheureux des hommes, car
je n'ai ni argent ni crédit.

ABOU-HASSAN.

On ne peut pas dire que je sois ruiné,
car tout ce que mon père m'a légué en mobilier, terres et maisons est intact ; mais
j'ai prodigué l'argent comptant pour nos
plaisirs, et me je me trouve forcé de devenir
un homme raisonnable si mes amis ne s'ar-
rangent pas pour me faire fête à leur tour.

BOUBEKYR.

Dans votre situation, mon cher, on
trouve facilement de l'argent à emprunter ;
allons, comptez encore sur l'avenir, et ne
craignez pas de vous endetter pour continuer à vivre dans l'abondance. Je connais
un riche négociant qui m'avancera les
fonds, vous me ferez un billet à moi, votre
nom ne paraîtra en rien, et nous boi-
rons encore aussi joyeusement que par le
passé.

ABOU-HASSAN (en colère).

Auprès de toi, Tahel est un ami loyal,
car il m'a confirmé dans mes plans de sagesse; mais toi, Boubekyr, tu me pro-
poses des moyens de n'avoir plus que l'hôpital pour ressource, cela est infâme.

BOUBEKYR.

Quand votre emportement sera calmé,
Abou-Hassan, et que vous aurez goûté de
cette vie rangée dont vous parlez si à l'aise,
mes avis vous reviendront en mémoire,
comptez alors sur moi.

ABOU-HASSAN (le reconduit vers la porte).

Et c'était pour de semblables gens que je
dépensais mon héritage! Les ingrats! je les
méprise aujourd'hui, et ne veux plus les
revoir chez moi. — Voilà deux places vides
à ma table. Mes autres convives demeurent
à deux pas d'ici; je vais aller moi même
chez eux, afin qu'ils ne prennent pas la
peine de venir si nous ne devons pas souper ensemble.

La toile se baisse.

SCÈNE TROISIÈME.

Encore l'intérieur de la maison d'Abou-
Hassan.

LE CALIFE (déguisé en marchand), un Esclave, ABOU-HASSAN.

ABOU-HASSAN.

Par ici, seigneur Marchand. Tenez, voilà
ma modeste demeure ; mais le hasard veut
que j'aie un meilleur souper à vous offrir
que vous ne pourriez vous en douter sur
les apparences. J'attendais ce soir douze convives, ils se sont tous excusés sous différens prétextes, comme j'ai eu l'honneur de
vous le raconter.

LE CALIFE.

On a quelque peine à comprendre que
des amis aient eu la bassesse de se conduire
aussi mal, et de renoncer à la société d'un
homme aussi aimable que vous le paraissez.
Pour moi j'aimerais, à ce qu'il me semble,
passer ma vie auprès de vous.

ABOU-HASSAN.

Vous savez que je ne veux plus entendre
de complimens, Seigneur, ils n'ont eu que
trop d'influence sur mon faible esprit ;
mais voilà qui est bien décidé, j'aurai tous
les soirs un convive ; le hasard me l'offrira,
et je ne reverrai de ma vie l'hôte auquel
j'aurai donné le souper, le coucher une
nuit chez moi.

LE CALIFE.

Il n'y a pas de meilleur moyen de ne pas
faire d'ingrats ; mais vous congédierez souvent ainsi des gens qui pourraient vous
être utiles, et moi, par exemple, quoique
marchand, j'ai de très-bonnes relations,
assez d'argent, et ce que vos amis vous
ont refusé, je vous l'offrirais de bon cœur
si vous vouliez l'accepter.

ABOU-HASSAN.

Pour rien au monde je ne prendrais une
obole des mains de mon hôte, et le meilleur
moyen de me fâcher serait de chercher à
m'indemniser de quelque façon de mon
hospitalité.

LE CALIFE.

Il y a mille manières de rendre service,
sans engager la reconnaissance de celui qui
reçoit ; ainsi, par exemple, si je vous faisais
obtenir un emploi sans qu'il m'en coûtât
ni argent ni peine.

ABOU-HASSAN.

Je ne voudrais d'autre place que celle du
calife pour vingt-quatre heures, et quelle
que soit votre puissance, Seigneur, il ne dépend pas de vous de me la donner.

LE CALIFE.

Qui sait ?

ABOU-HASSAN.

Allons, Seigneur, je vois que vous êtes
un hôte joyeux, et me voilà charmé de la
bonne fortune qui m'a fait vous rencontrer.
Eh bien ! puisque rien n'arrête votre pouvoir, j'accepte donc pour prix de mon hospitalité, la place de calife pour vingt-quatre
heures.

LE CALIFE.

Et vous l'aurez.

ABOU-HASSAN.

Si ma maison était douée de sentiment ,
elle marquerait la joie qu'elle a de posséder un hôte à qui tout est possible, et
que rien n'arrête dans son obligeance sans
bornes. Me voilà au comble de la joie d'a-
voir fait la rencontre d'un homme de votre
mérite.

LE CALIFE.

Puisque vous acceptez la plaisanterie ,
mon cher hôte , dites-moi maintenant
pour quelle importante affaire vous souhaiteriez d'être calife.

ABOU-HASSAN.

Foi d'honnête homme, Seigneur , je puis
vous assurer que je n'ai aucun but personnel en ambitionnant la puissance du calife ,
mais puisque vous êtes étranger, je veux
bien vous mettre au fait des affaires de la
ville de Bagdad. Nous avons dans chaque
quartier une mosquée et un Iman pour
faire la prière, aux heures ordinaires à la
tête du quartier qui s'y rassemble. Notre
Iman est un grand vieillard, d'un visage

austère et parfait hypocrite , s'il y en a eu
jamais au monde. Pour conseils, il s'est as-
socié quatre autres barbons , mes voisins ,
gens de sa sorte , qui s'assemblent réguliè-
rement chaque jour, et dans leur concilia-
bule , il n'y a médisance, calomnie et malice qu'ils ne mettent en usage contre moi ;
ils troublent partout l'harmonie et sèment
la dissension où régnait la paix ; enfin , je
souffre de voir qu'ils se mêlent de tout au -
tre chose que du Coran, et qu'ils ne laissent
pas vivre les honnêtes Musulmans en bonne
intelligence.

LE CALIFE.

Et vous voudriez apparemment trouver
un moyen pour arrêter le cours de ce désordre ?

ABOU-HASSAN.

Vous l'avez dit, et la seule chose que je demanderais pour cela , serait d'être à la place
de notre souverain juge , le commandeur
des croyans , pendant un jour seulement.

LE CALIFE.

Je suis surpris , mon cher hôte , que vous

ne pensiez pas plutôt à tirer vengeance des
torts récens de vos amis, qu'à réprimer de
pauvres vieillards chez lesquels l'âge excuse
les défauts.

ABOU-HASSAN.

Mes amis, je n'ai plus aucun commerce
à avoir avec eux ; mais il n'en est pas ainsi
de l'Iman qui va se réjouir avec son conseil
de ma mésaventure. Et maintenant que je
compte me ranger, peut-être m'établir, il
m'est important de regagner une bonne réputation ; vous ne savez pas d'ailleurs jusqu'où ils poussent la calomnie ; ils osent dire
que je maltraite ma mère ! La brave et
digne femme qui va nous servir à souper ,
vous sentez bien que cela ne peut se sup-
porter.

LE CALIFE.

Je suis tout-à-fait de votre avis, mais que
comptez-vous faire pour réprimer le bavar-
dage de l'Iman et son conseil, lorsque vous
serez calife ?

ABOU-HASSAN.

Une chose d'un grand exemple ! Je ferai

donner cent coups de bâton sur la plante
des pieds à chacun des quatre vieillards, et
quatre cents à l'Iman pour leur apprendre
qu'il ne leur appartient pas de troubler et
de chagriner ainsi leurs voisins.

LE CALIFE.

Votre idée me plaît d'autant plus que je
vois qu'elle part d'un cœur droit, et d'un
homme qui ne peut souffrir que la malice
des méchans demeure impunie. J'aurais un
grand plaisir d'en voir l'effet. Vous verrez
que cela n'est pas aussi impossible que vous
l'imaginez.

ABOU-HASSAN.

Nous continuerons à nous entretenir de
cette folie pendant le souper si tel est votre
plaisir, seigneur. Je vais aller voir si ma
mère a terminé ses apprêts. Cette chambre est la vôtre, vous y reviendrez pour
dormir, je laisserai la clé après la porte de
sortie, car vous savez que le soleil levant
ne doit pas vous retrouver sous mon abri,
vous aurez soin, s'il vous plaît, de refermer
cette porte sur vous afin que le démon ne
s'introduise pas chez moi.

LE CALIFE.

J'exécuterai fidèlement vos recommandations.

ABOU-HASSAN.

Je viens vous avertir dans un moment.

(Il sort.)

LE CALIFE.

Zinébi !

L'ESCLAVE.

Commandeur des croyans.

LE CALIFE.

Ne prononce pas ce nom, malheureux.
Avance ici.

L'ESCLAVE.

Que demande mon Seigneur.

LE CALIFE.

Tu vas nous servir pendant le souper. A
la fin du repas, je verserai une poudre
somnifère dans le vin d'Abou-Hassan, il
tombera endormi à l'instant même, tu le
chargeras sur tes épaules et tu le porteras
dans mon palais où je te précéderai; mais
remarque bien l'endroit où est cette maison

afin que tu la retrouves quand je te le com-
manderai.

E'ESCLAVE.

J'obéirai Seigneur.

SCÈNE QUATRIÈME.

Les Précédens, ABOU-HASSAN.

ABOU-HASSAN.

Ma mère ne demande plus qu'un instant
et elle va servir.

LE CALIFE.

Vous n'avez que votre mère chez vous?

ABOU-HASSAN.

Elle seule, car je n'ai pas encore pu me
résigner à me marier. Mes prodigalités ne
me mettent pas en état d'y songer de long-
tems, je n'ai pas de dot à offrir à une épouse telle qu'il me la faudrait.

LE CALIFE.

Pourquoi ne me chargez vous pas aussi
de vous choisir une femme.

ABOU-HASSAN.

Bon ! n'aurai-je pas tout loisir d'en prendre une à ma guise quand je serai Calife?

LE CALIFE.

Eh bien songez-y alors, l'occasion sera
belle.

ABOU-HASSAN.

Je vous remercie de m'y avoir fait penser. Maintenant, Seigneur, vous plaîrait-il
de venir souper?

La toile se baisse.

ACTE DEUXIÈME.

Le palais du Calife. La salle du trône.

SCÈNE PREMIÈRE.

LE CALIFE, GIAFAR.

LE CALIFE.

Giafar, je t'ai fait venir pour t'annoncer
que Zinébi a apporté ici un homme endormi
que je l'ai chargé de vêtir de mes plus ri-

ches habits et déposer ici sur mon trône.
Lorsqu'il en sera tems tu le réveilleras
comme tu fais pour moi-même en le traitant
de Commandeur des croyans. Ecoute et
exécute ponctuellement tout ce qu'il te com-
mandera comme si je te le commandais. Il
ne manquera pas d'ordonner des punitions,
de faire des libéralités ; quelles que soient
ses volontés, on les remplira. Que les émirs,
huissiers et officiers du palais viennent à
l'audience comme à l'ordinaire et lui rendent les mêmes honneurs qu'à ma personne.
J'entends que chacun s'acquitte si bien de
son rôle qu'Abou-Hassan finisse par se persuader qu'il est devenu Calife. On lui prodi-
guera toutes sortes de divertissemens, et
personne ne l'approchera sans lui témoigner le plus profond respect. Instruis Mesrour de mes volontés ; pour moi, caché derrière cette jalousie, je me donnerai le spectacle de cette plaisante scène, et j'entends
que personne ne se rappelle de toute la
journée qu'il y a un autre Calife que celui
qu'il me plaît de mettre à ma place.

(Giafar s'incline en signe d'obéissance. Le Calife sort.)

13

GIAFAR.

Jamais on n'a vu un règne aussi fertile
en amusemens que celui-ci. Comme le sûr
moyen de se maintenir en faveur est de
s'associer à toutes les fantaisies du Calife,
je vais remplir avec tout le sérieux convenable la charge du grand Visir auprès du
seigneur Abou-Hassan.

(La toile se baisse pour quelques instans. Lorsqu'elle
se relève on voit Abou-Hassan endormi sur le trône
et dans le costume d'un Calife. Toute la Cour est
rangée autour de la salle. Des femmes richement
parées, des esclaves noirs sont auprès du trône. Le
véritable Calife est à une fenêtre qui donne sur la
salle ; il fait un signe, une jalousie le cache aussitôt
aux regards.)

GIAFAR (au noir Mesrour).

Chef des esclaves, il est tems de réveiller
le Calife.

(Giafar s'en va.)

MESROUR.

Je vais lui faire respirer un peu de vinai-
gre pour le tirer de son assoupissement.

(Il monte les marches du trône et s'approche du faux
Calife. Abou-Hassan fait un mouvement et il éter-
nue. Mesrour se retire.)

ABOU-HASSAN (se soulève, puis il se remet sur ses
coussins.)

Qu'est-cela, divin prophète ? Où suis-je
transporté ? Bon, c'est un rêve qui vient à
propos de ce que je disais hier au marchand
de Moussoul, et je vais continuer à dormir
pour ne pas interrompre cette illusion.

MESROUR.

Commandeur des croyans, que votre majesté ne se rendorme pas, il est tems qu'elle
se lève pour faire sa prière, l'aurore commence à paraître.

ABOU-HASSAN (sans quitter sa position de dormeur).

C'est cela, me voilà Calife. Ma foi je veux
me donner le plaisir de l'être en rêve et je
ne bouge pas.

MESROUR.

Commandeur des croyans, votre majesté
aura pour agréable que je lui répète qu'il
est tems qu'elle se lève, à moins qu'elle ne
veuille laisser passer le moment de faire sa
prière du matin ; le soleil va se montrer, et
elle n'a pas coutume d'y manquer.

ABOU-HASSAN.

Si je savais pouvoir lui répondre et me
lever sans m'éveiller, j'en essayerais, car
cela ne m'avance à rien d'être Calife pour
dormir. Voyons, tentons-le un peu.

(Il se relève.)

Tout cela demeure autour de moi.

(La Cour reste dans l'immobilité orientale.)

Allons, mon rêve se poursuit. Cependant
j'ai les yeux ouverts., il fait jour... Alors je
suis ensorcelé... Si cela peut durer, il n'y a
pas de mal; mais Dieu sait à quoi je suis
exposé en ce moment. En supposant que
j'aie pris la place du Calife, il voudra la ravoir... Mais comment aurais-je pu usurper
le trône? Alors c'est une fantasmagorie qui
se joue autour de moi, et ces officiers, ces
esclaves, ces femmes, sont autant de démons
déguisés... Je vais me rendormir, afin de ne
participer en rien à tout cela.

(Il revient sur ses coussins.)

MESROUR (après s'être prosterné devant Abou-
Hassan.)

Commandeur des croyans, votre majesté

me permettra de lui représenter qu'elle n'a pas coutume de se lever si tard, et qu'elle a laissé passer le tems de faire sa prière. A moins qu'elle n'ait mal dormi cette nuit, qu'elle soit indisposée, elle n'a plus qu'un instant pour ouvrir son conseil, s'il lui plaît de s'y faire voir. Les généraux de ses armées, les gouverneurs de ses provinces, et les autres grands officiers de sa Cour attendent que la salle du trône leur soit ouverte.

ABOU-HASSAN (à Mesrour).

A qui parlez-vous, décidément, et qui est celui que vous appelez Commandeur des croyans, vous que je ne connais pas ? il faut que vous me preniez pour un autre.

MESROUR.

Mon respectable seigneur et maître, votre majesté parle ainsi aujourd'hui pour m'éprouver, apparemment. Votre majesté n'est-elle pas le Commandeur des croyans? le monarque du monde, de l'Orient à l'Occident, et le vicaire sur la terre du prophète envoyé de

Dieu , maître de ce monde terrestre et du
monde céleste ? Mesrour, votre chétif esclave, ne l'a pas oublié depuis tant d'années
qu'il a le bonheur de rendre ses respects et
ses services à votre majesté. Il s'estimerait
le plus malheureux des hommes s'il avait
encouru votre disgrâce. Il vous supplie
donc très-humblement d'avoir la bonté de
le rassurer ; il aime mieux croire qu'un
songe fâcheux a troublé son repos cette
nuit.

ABOU-HASSAN (éclate de rire).

Pour le coup, voilà qui est trop fort !

(Il se lève, regarde autour de lui ; s'adressant à un
nègre.)

Ecoute; viens ici , toi , et dis-moi qui je
suis.

L'ESCLAVE.

Seigneur, votre majesté est le Commandeur des croyans et le vicaire en terre du
maître des deux mondes.

ABOU-HASSAN.

Tu es un menteur, face couleur de

suie, et je ne m'en rapporterai pas à ton
dire.

(Il s'adresse à une des dames.)

Approchez-vous, ma belle dame; venez
ici.

(La dame s'avance et s'incline.)

Veuillez bien me pincer un peu le bras; ne
craignez pas de me faire du mal, car je veux
connaître si la douleur se fera sentir, afin
de me convaincre si je dors.

(La dame obéit.)

Aïe! Vous m'avez fait mal. Mais je ne dors
pas, certainement. Par quel miracle ai-je
pu devenir Commandeur des croyans, en
une nuit, et que tout le monde s'y mé-
prenne? Voilà bien la chose la plus merveilleuse et la plus surprenante ! Voyons,
ne me cachez pas la vérité, je vous en conjure par la protection du Dieu en qui vous
avez confiance, aussi bien que moi. Est-il
bien vrai que je sois le Commandeur des
croyans ?

LA DAME.

Il est si vrai que votre Majesté est le Com-

mandeur des croyans, que nous avons tous
sujet de nous étonner qu'elle veuille faire
accroire le contraire.

ABOU-HASSAN.

Allez, ma belle, vous êtes aussi men-
teuse que tous ceux qui sont ici ; personne
ne m'apprendra qui je suis : mais il en sera
ce qui pourra, je me décide à voir à quelles
fins on a préparé cette scène.

(Il se lève et descend les premières marches de son
trône.)

LES OFFICIERS se prosternent.

Commandeur des croyans, que Dieu
donne le bonjour à votre majesté.

(Abou-Hassan les salue.)

LES DAMES.

Commandeur des croyans, que Dieu
donne le bonjour à votre majesté.

(Abou-Hassan s'incline vers elles.)

SCÈNE DEUXIÈME.

Les Précédens, GIAFAR entre suivi de deux
Huissiers et du Chef de Police.

(Des Seigneurs s'introduisent successivement dans
l'audience.)

GIAFAR se prosterne devant le faux Calife.

Que le Ciel comble de prospérité le Commandeur des croyans !

ABOU-HASSAN.

Voyons, qui es-tu, toi ?

GIAFAR.

Si tel est le bon plaisir de votre majesté
d'interroger ainsi aujourd'hui ses plus fidèles serviteurs, l'obéissance étant notre
premier devoir, je répondrai à votre majesté que je suis Giafar son visir, bien connu
pour tel par tous les sujets du Commandeur des croyans.

ABOU-HASSAN.

Et tu me tiens, moi, pour le Commandeur des croyans ?

13*

GIAFAR.

Assurément; quel autre oserait donc en usurper le titre ?

ABOU-HASSAN.

Tous les ordres que je te donnerai, tu t'engages à les exécuter ?

GIAFAR.

Entendre c'est obéir !

ABOU-HASSAN.

Eh bien, Giafar, allez chez le grand trésorier : mon pouvoir s'étend-il jusque sur les fonds de la couronne ?

GIAFAR.

Ainsi que sur tout le reste.

ABOU-HASSAN.

Allez donc, vous-même, chez le grand trésorier, et demandez une bourse contenant mille pièces d'or ; vous la porterez dans le quartier de la grande Mosquée : là, vous demanderez la maison d'un certain Abou-Hassan-le-Débauché ; tout le monde vous l'indiquera. Vous trouverez une vieille femme, seule, dans cette maison. Vous lui remettrez la bourse, de la part du Calife, sans autre explication.

(Giafar se retire en s'inclinant profondément.)

UN HUISSIER.

Le Commandeur des croyans permet-il au juge de police de lui rendre compte des cas de justice qui se présentent ?

ABOU-HASSAN.

D'autant plus volontiers, que je me rappelle avoir aussi un fait particulier à punir.

LE JUGE DE POLICE (s'approchant).

Commandeur des croyans, on a amené, hier, devant moi, un sellier et un autre homme, tous deux en grande colère, et se renvoyant l'un à l'autre l'épithète de voleur. Le sellier soutenait avoir rendu une selle que l'acheteur réclamait avec opiniâtreté. Je les tiens tous deux en prison, sans pouvoir éclaircir l'affaire.

ABOU-HASSAN.

Annnoncez-leur qu'ils seront pendus l'un et l'autre, si la selle ne se retrouve pas

dans les vingt-quatre heures. Le coupable
se dénoncera, vous lui ferez alors donner
la bastonnade, et vous relâcherez l'autre.

LE JUGE DE POLICE.

Dieu a mis sa sagesse dans la bouche des
rois ! J'ai encore à dire à votre majesté......

ABOU-HASSAN (l'interrompant).

Un moment ; j'ai moi aussi une affaire
qui presse. Allez-vous-en, s'il vous plaît,
sur l'heure, dans le quartier où je viens
d'envoyer le grand visir ; rendez-vous à la
Mosquée, vous y trouverez l'Iman, un vieillard à figure hypocrite; vous vous en em-
parerez ainsi que de quatre barbons ses
voisins et ses conseillers. Considérant leur
âge, je leur fais grâce de la bastonnade ;
mais qu'ils soient couverts de haillons.
Après cela, vous les ferez monter tous cinq
chacun sur un chameau, la face tournée
vers la queue de l'animal. En cet équipage,
ils seront promenés par tous les quartiers
de la ville, précédés d'un crieur qui répè-
tera à haute voix :

« Voilà le châtiment de ceux qui se mê-

» lent des affaires qui ne les regardent pas,
» et qui se font une occupation de jeter le
» trouble dans les familles de leurs voisins,
» de les calomnier et de leur causer tout le
» mal dont ils sont capables. »

Vous leur enjoindrez encore de changer
de quartier, avec défense de jamais remettre le pied dans celui d'où ils sont chas-
sés. Pendant que votre lieutenant leur fera
faire cette promenade, vous reviendrez
m'informer des autres affaires.

MESROUR (s'inclinant devant le trône).

Commandeur des croyans, que Dieu
comble votre majesté de faveurs en cette
vie, la reçoive dans son paradis dans l'autre, et précipite ses ennemis dans les flam-
mes éternelles.

ABOU-HASSAN.

Je ne te comprends pas. Cela veut-il dire
que le conseil est fini?

MESROUR.

Le déjeuner de votre majesté est disposé
dans les salles voisines.

ABOU-HASSAN.

Quoi! mon repas est servi dans plusieurs
salles?

MESROUR.

Assurément, comme à l'ordinaire ; dans
la première sont disposées les viandes, dans
la seconde, les fruits, et dans la troisième,
les confitures ; votre majesté a plus d'or et
de pierreries dans ses différens services de
table, que n'en réunirent jamais ses an-
cêtres.....

ABOU-HASSAN.

Allons donc voir tout cela. (*A part*). Si je
rêve, je voudrais bien au moins prendre le
tems de déjeuner, et d'admirer tout mon palais avant de m'éveiller.

(Il s'en va. Toute la cour marche à sa suite.)

SCÈNE TROISIÈME.

LE CALIFE, la Sultane ZOBÉIDE, son épouse, NOUZAHTOUL-AOUADAT, esclave de la Sultane. Cette dernière est magnifi-quement vêtue.

ZOBÉIDE au sultan.

Votre majesté a imaginé là une plaisan-terie des plus amusantes ; j'ai failli me trou-ver mal à force de rire, en écoutant les dis-cours d'Abou-Hassan. Le mélange d'hésita-tion et de confiance qu'il apporte à son rôle, nous donne une comédie encore plus amusante que vous ne l'aviez atten-due, en comptant seulement sur sa joie ou sur sa frayeur.

LE CALIFE.

Nous allons voir comment il accueillera l'épouse que vous avez habillée dans votre costume de sultane.

ZOBÉIDE.

Nouzahtoul-Aouadat s'acquittera fort bien pour sa part de ce rôle, et si elle parvient à plaire à Abou-Hassan, vous me permettrez de la lui donner en mariage.

LE CALIFE.

Assurément, Zobéïde, et je veux même les garder dans ce palais, où nous leur trouverons quelque emploi en rapport avec leur humeur joyeuse : mais ce n'est pas aujourd'hui que je compte terminer l'événement ; il faut que Abou-Hassan s'éveille demain chez lui. Zinébi a gardé la clé de sa chambre, il l'y reportera ce soir même.

ZOBÉIDE.

Votre Majesté doit regretter de ne pas pouvoir le suivre-là encore une fois.

LE CALIFE.

Je l'y retrouverai le soir bien certainement ; restez ici, Nouzahtoul-Aouadat, nous allons vous envoyer des esclaves pour vous entourer convenablement. Songez à bien recevoir votre royal maître, lorsqu'il viendra ici. (*à Zobéide*) Ma chère Zobéide, voulez-vous que nous allions voir déjeuner notre Calife ?

(Ils sortent.)

SCÈNE QUATRIÈME.

NOUZAHTOUL-AOUADAT, des Esclaves.

NOUZAHTOUL-AOUADAT seule d'abord.

Je serais bien maladroite si je ne parvenais pas à jouer la princesse aussi parfaitement que le joyeux Abou-Hassan fait le Calife, et je veux que demain il me regrette au moins autant que le trône qu'il va perdre. Ma maîtresse et le Calife sont aujourd'hui de si belle humeur que je puis me permettre toutes les folies qui me passeront par la tête, et j'aurai soin qu'elles ne soient pas sans profit pour l'avenir d'Abou-Hassan et le mien. On va venir, les esclaves du harem se rangeront respectueusement autour du salon, tandis que moi je prendrai place auprès de mon époux le glorieux calife Abou-Hassan.

(Elle s'assied sur le trône.)

(Les esclaves arrivent. Les unes ont des instrumens de musique, les autres se préparent à danser, d'autres encore se rangent de l'autre côté du trône.)

NOUZAHTOUL-AOUADAT.

Ayez soin, Mesdames, de m'aborder avec
tout le respect convenable, et de confirmer
tout ce que je dirai à mon époux. N'a t-il
pas fini de dîner ?

UNE ESCLAVE.

Son repas a été la plus amusante chose
du monde, il commettait mille méprises,
et interrompait l'ordre accoutumé, en
étant toujours prêt à prendre lui-même ce
que ses esclaves lui servaient, lorsqu'on lui a
présenté la serviette après l'aiguière, au
lieu de s'essuyer les mains avec le linge
enrichi de broderies, d'or et de perles, il
allait s'en emparer et le mettre dans sa
poche, Mesrour l'a averti à tems pour l'en
empêcher, et Abou-Hassan qui a pris son
parti d'être calife, ne demande plus qu'à
remplir scrupuleusement toutes les formes
du cérémonial; il ne s'étonne de rien, et
demande seulement conseil du regard à
Mesrour avant d'agir.

NOUZAHTOUL-AOUADAT.

J'ai pourtant bien la prétention de le surprendre , en lui affirmant que je suis son épouse.

L'ESCLAVE.

Il est tems que vous vous mettiez en frais pour lui plaire ; car il paraît déjà très-préoccupé de faire un choix parmi nous.

NOUZAHTOUL-AOUADAT.

Silence, le voici, qu'on me laisse agir.

SCÈNE CINQUIÈME.

LES PRÉCÉDENS , LE CALIFE , ZOBÉIDE , ABOU-HASSAN , MESROUR.

(Le Calife et Zobéide sont derrière la jalousie entr'ouverte.)

ZOBÉIDE.

Nouzahtoul-Aouadat, songe à bien remplir ton rôle.

(On referme la jalousie.)

ABOU-HASSAN à Mesrour.

Et maintenant, qu'ai-je à faire ?

MESROUR.

Souffrez, seigneur, que les femmes du

sérail cherchent à vous distraire par leurs jeux et leurs discours.

ABOU-HASSAN.

Je le souffrirai très-volontiers ; mais quelle est celle que je vois assise sur le trône ?

MESROUR.

Votre majesté n'a pas renoncé, je le vois, à effrayer toutes les personnes de sa cour, et la princesse Nouzahtoul-Aouadat , sa royale épouse, va éprouver à son tour la cruelle plaisanterie qui a désolé ce matin les plus fidèles serviteurs du commandeur des croyans.

ABOU-HASSAN.

Tu m'affirmes, Mesrour, que j'ai une épouse, et depuis combien de tems, je te prie ?

MESROUR.

Il y a quatre ans que la princesse Nouzahtoul-Aouadat est l'unique souveraine du harem.

ABOU-HASSAN monte sur le trône.

Que les divertissemens se passent comme à l'ordinaire.

NOUZAHTOUL-AOUADAT (à part).

Voilà qui est un peu fort , ce parti pris subitement d'être au fait de tout, ôte à mon rôle son principal mérite, et je ne sais plus comment je vais m'en tirer. Essayons cependant d'appeler sur moi seule toute l'attention du Calife.

NOUZAHTOUL-AOUADAT.

Alors, monseigneur me permettra de continuer l'histoire que je lui ai commencée hier.

ABOU-HASSAN.

Volontiers ! quel en était le titre ?

NOUZAHTOUL-AOUADAT.

Les deux Esclaves favoris. Vous savez qu'ils étaient, l'un le protégé du sultan, l'autre le confident privilégié de la sultane. On leur avait fait, comme vous l'avez vu, des noces brillantes dans le palais, on leur avait donné un appartement richement meublé, mille pièces d'or, mais....

ABOU-HASSAN (l'interrompant).

Eh bien ! n'étaient-ils pas contens ?

NOUZAHTOUL-AOUADAT.

Que mon cher seigneur daigne ne pas
m'interrompre. J'aiderai sa mémoire pa-
resseuse, et nous arriverons bientôt à la
fin des aventures des deux esclaves.

ABOU-HASSAN.

Pour ce soir, si vous le permettez, princesse, je me contenterai du seul plaisir de
causer avec vous, et de m'occuper des
charmantes personnes qui nous entourent.

NOUZAHTOUL-AOUDAT (à part).

Je crois qu'il veut éprouver mon humeur.
Faisons bonne contenance.

(Haut.)

Ce qui plaît à votre majesté, est toujours
ce que je préfère.

ABOU-HASSAN.

Avez-vous, en toute occasion, un aussi
bon caractère ?

NOUZAHTOUL-AOUADAT.

Ai-je jamais donné à mon cher seigneur
le droit de douter de ma soumission et de
ma tendresse. N'a-t-il pas la bonté, au con-

traire de répéter chaque jour que sa couronne lui est moins précieuse que son
épouse, qu'aucune des nombreuses femmes
du harem ne l'emporte sur elle en esprit,
en talens et en beauté , et que sa haute
naissance , aussi bien que ses mérites réu-
nis lui ont acquis des droits éternels à son
affection , voilà ce que votre majesté me
disait encore hier ; n'est-il pas bien dur
pour moi , aujourd'hui , de m'entendre accuser , en quelque sorte, de manquer d'é-
galité d'humeur.

ABOU-HASSAN (à part).

Si j'ai été sincère hier , il paraît que je
possède là un vrai trésor.

(Haut.)

Ma chère Nouzahtoul-Aouadat , j'ai voulu
plaisanter certainement , et je m'estime aujourd'hui, trop heureux de vous avoir élevée sur le trône que vous méritiez à tant
d'égards.

NOUZAHTOUL-AOUADAT.

Mon cher seigneur daignera-t-il accepter
la collation que je lui ai fait préparer.

ABOU-HASSAN.

Faites servir.

NOUZAHTOUL-AOUADAT.

Qu'on apporte des sorbets , et pendant
ce tems la musique et le ballet récréeront
les yeux et les oreilles de mon cher époux.

ABOU-HASSAN (à part).

La princesse est charmante ; je l'aurais
choisie entre mille qu'elle ne me convien-
drait pas mieux.

(Un esclave noir apporte des sorbet ssur un plateau et
s'approche du Calife. Nouzahtoul-Aouadat se met
devant lui. Pendant ce tems, la musique prélude et
les danses commencent. Abou-Hassan les regarde
pendant quelques instans, puis , accablé par un sommeil subit, il retombe, profondément endormi , sur
les coussins du trône. Le Calife et Zobéide reviennent dans la salle.)

LE CALIFE à Mesrour.

Qu'on le déshabille maintenant, et que
Zinébi le rapporte chez lui avec tout le
mystère possible.

ZOBÉIDE.

N'envoyez-vous personne pour assister à
son réveil ?

LE CALIFE.

Non, il faut laisser agir le hasard maintenant. Demain soir à la nuit tombante, je retournerai chez Abou-Hassan, sous le costume d'un marchand, et quoiqu'il se soit promis de ne pas accueillir deux fois le même hôte, j'espère bien parvenir à me faire ouvrir sa porte.

La toile se baisse.

ACTE TROISIÈME.

SCÈNE PREMIÈRE.

Intérieur de la maison d'Abou-Hassan.

PIROUZÉ seule. (Elle pleure.)

Divin Mahomet, venez à mon secours ! mon pauvre Abou-Hassan. Voilà l'heure où je lui préparerais son souper sans le malheur qui lui est arrivé. C'est la trahison de ses amis qui lui a tourné la tête, un homme si bon et si sensé; cela est affreux. Suis-je condamné, maintenant, à vivre seule ici.

(On frappe à la porte : Pirouzé va ouvrir.)

14

SCÈNE DEUXIÈME.

PIROUZÉ, LE CALIFE (déguisé), l'Esclave.

PIROUZÉ.

Ah ! c'est vous, seigneur marchand, vous venez à tort chercher votre hôte d'avant-hier ; il n'est plus ici.

LE CALIFE.

Comment ! que lui est-il arrivé?

PIROUZÉ.

La plus grande infortune du monde. Il a perdu la raison.

LE CALIFE (à part).

Serais-je cause de cet accident?

(Haut.)

Ma bonne dame, contez-moi comment la chose est arrivée.

PIROUZÉ.

Je dois vous dire, d'abord, qu'après avoir gaîment soupé avec vous, mon fils a sans doute dormi, non-seulement toute a nuit, mais encore le jour suivant ; et que

c'est seulement ce matin que j'ai retrouvé
la clé à sa porte, et qu'il m'a été possible
de pénétrer chez lui. Aussitôt qu'il m'a vue,
il s'est écrié : éloignez-vous femme, je ne
vous connais pas, appelez Messour, le chef
de mes esclaves et mon épouse, la belle
Nouzahtoul-Aouadat. Etonnée de ce dis-
cours, je voulus essayer de dissiper le rêve
qui se prolongeait, j'ai appelé Abou-Hassan, mon fils, je lui ai affirmé qu'il était
chez lui auprès de sa mère.... Allez m'a-t-il
dit avec colère et mépris, je ne suis plus
Abou-Hassan, ni votre fils, vous voyez en
moi le commandeur des croyans. Cette folle
idée, c'est vous, Seigneur qui la lui avez
inspirée pendant le souper d'avant-hier.

LE CALIFE.

Abou-Hassan lui seul a souhaité d'être
le Calife, et je me suis prêté de mon mieux
à sa joyeuse plaisanterie.

PIROUZÉ.

Quoique j'aie pu faire, Abou-Hassan n'a
point voulu m'entendre, et comme il s'est
emporté jusqu'à me frapper, les voisins

sont venus au secours, ils ont entendu les
propos d'Abou-Hassan, et le-tenant pour
fou, ils l'ont conduit, malgré mes cris,
dans l'hôpital des aliénés qui est ici près.
Depuis ce matin le gardien accable mon
fils de coups de nerf de bœuf pour le faire
revenir à son bon sens, et le cœur me
saigne de voir souffrir ainsi mon cher
Abou-Hassan, mon unique enfant.

LE CALIFE.

Aussi pourquoi avez-vous souffert qu'on
le prît pour un fou?

PIROUZÉ.

Que n'avez-vous entendu ce qu'il racon-
tait, seigneur marchand, vous ne me feriez
pas cette question. Mais deux faits bien
étranges c'est qu'il prétend m'avoir envoyé
mille pièces d'or et qu'en effet on me les a
remises de la part du Calife; qu'il dit avoir
fait châtier et chasser l'Iman et les quatre
vieillards dont il avait à se plaindre, et qu'ils
ont subi la punition qu'Abou-Hassan voulait leur infliger.

LE CALIFE.

Je suis un peu médecin, ma chère dame,

et il ne m'est pas impossible de guérir votre fils, mon esclave va l'aller chercher et nous le ramener ici.

PIROUZÉ.

On ne vous ouvrira pas la maison de fous à l'heure qu'il est.

LE CALIFE.

Un peu d'or rend tout facile ; attendez un instant et vous allez voir de quoi je suis capable pour servir mon ami Abou-Hassan. Je me cacherai pour qu'il ne me voie pas tout d'abord, promettez-moi seulement de ne pas parler de moi, quoiqu'il vous dise à mon sujet, et votre fortune est faite.

PIROUZÉ.

Je me tairai, j'en jure par le saint prophète.

LE CALIFE (à son esclave).

Que dans un instant Abou-Hassan rentre chez lui.

(L'esclave s'incline et sort.)

Rappelez-vous bien, bonne femme, que votre discrétion sera largement payée, et que vous perdriez un sort brillant en contrariant mes vues sur votre fils.

PIROUZÉ.

Ma discrétion est à toute épreuve. Cependant je voudrais bien savoir comment il se fait....

LE CALIFE.

Tout s'éclaircira bientôt, soyez seulement prudente. J'entends revenir Zinébi, je vais me cacher.

SCÈNE TROISIÈME.

LES PRÉCÉDENS, LE CALIFE (caché), PIROUZÉ, ABOU-HASSAN. Il a une chemise de toile grise attachée avec une courroie par dessus ses habits.

ABOU-HASSAN.

Ma chère maison, je te revois enfin. Et vous, ma bonne mère, vous voilà; me pardonnerez vous les mauvais traitemens dont je me suis rendu coupable à votre égard?

PIROUZÉ.

Que le ciel en soit béni, voilà mon fils rendu à la raison.

ABOU-HASSAN.

Le moyen employé était rude, mais il a

été efficace. Mon rêve s'est peu à peu dissipé sous les coups qui déchiraient ma peau.

PIROUZÉ.

Mon pauvre enfant!

ABOU-HASSAN.

Ah! ne me plaignez pas, je méritais cela et bien pire encore pour vous avoir frappée et reniée pour ma mère.

PIROUZÉ.

N'y pensons plus.

ABOU-HASSAN.

C'est ce maudit marchand qui m'avait ensorcelé; aussi qu'il reparaisse il verra comment je le chasserai.

PIROUZÉ.

Quel rêve il faut que vous ayez fait pour qu'il vous en soit resté une impression aussi vive?

ABOU-HASSAN.

Il était si extraordinaire en effet, si semblable à la réalité, que je puis affirmer que tout autre que moi n'en aurait pas été moins

dupe, et serait peut-être tombé dans de
plus grandes extravagances que les miennes. Mais je veux le tenir pour un songe,
une illusion, et n'en plus parler. Je ne suis
pas le Calife, m'en voilà convaincu, je suis
simplement Abou-Hassan votre fils. Vous
êtes la mère que j'ai toujours honorée jusqu'à cet instant fatal où j'ai osé porter la
main sur vous !

Il reste bien à expliquer le fait de mille
pièces d'or, le châtiment de l'Iman et des
quatre vieillards ; mais combien y a-t-il
d'autres choses que je ne comprends pas,
que je ne comprendrai jamais. Je me remets
donc entre les mains de Dieu qui sait tout,
qui connait tout.

PIROUZÉ.

Ces questions m'ont tourmentée toute la
journée moi aussi, et j'espérais finir par
tirer de vous quelques éclaircissemens à
ce sujet.

ABOU-HASSAN.

Ne commettez pas l'imprudence de m'en
reparler, je perdrais encore une fois mon

bon sens. Cependant je vais vous dire ma
dernière opinion sur mon aventure : l'é-
tranger que j'avais mené souper avec moi,
s'en alla peut-être sans fermer la porte,
malgré mes recommandations, je pense que
cela aura donné occasion au démon d'entrer et de me jeter dans les illusions dont
j'ai été la victime. Me voilà trop heureux
d'en être délivré, et malgré tous les mauvais traitemens que j'ai endurés, je remercie Dieu et je le prie de me préserver de
tomber davantage dans les piéges de l'esprit
malin.

PIROUZÉ.

Ce méchant gardien vous a beaucoup
fait souffrir.

ABOU-HASSAN.

Mon dos est ensanglanté, ma chair s'en-
levait sous les coups de lanière dont il me
frappait sans cesse.

PIROUZÉ.

Mon pauvre enfant! je vais vous préparer un bain et à souper, et je mettrai du
beaume de la Mecque sur vos blessures.

Allez d'abord vous changer d'habits, car je
ne puis pas vous voir sous cette indigne
robe.

(Abou-Hassan sort.)

SCÈNE QUATRIÈME.

LE CALIFE, PIROUZÉ, l'Esclave.

LE CALIFE.

J'espère, ma bonne dame, que les paroles
de votre fils n'auront pas fait une fâcheuse
impression sur vous, et que vous me regar-
dez comme trop honnête homme, et de vos
amis pour avoir cherché à vous nuire.

PIROUZÉ.

Vous avez certainement laissé la porte
de la rue ouverte, seigneur Marchand; mais
si vous ne l'avez pas fait à mauvaise in-
tention, je ne saurais vous en vouloir.

SCÈNE CINQUIÈME.

LES PRÉCÉDENS, ABOU-HASSAN. Il aperçoit
le marchand de Moussoul et recule de
frayeur.

ABOU-HASSAN.

Vous ici, seigneur, ne vous rappelez-vous
donc plus nos conventions?

LE CALIFE.

Mon cher hôte, je vous prie d'excuser la
liberté que j'ai prise, mais ayant été retenu
en cette ville par mes affaires, je n'ai pas
pu résister au désir de vous revoir. Permettez-moi, s'il vous plaît, de vous embrasser.

ABOU-HASSAN (se détournant).

Je n'ai besoin ni de votre vue, ni de vos
embrassades, et je vous abandonne mon
logis si vous persistez à y demeurer.

LE CALIFE.

Quel malheur peut vous avoir donné
cette aversion pour moi. Vous devez vous
souvenir cependant que je vous ai marqué
ma reconnaissance par mes bons souhaits,

et que même sur certaine chose qui vous
tenait au cœur, je vous ai fait l'offre de mon
crédit qui n'est pas à mépriser.

ABOU-HASSAN.

Vos souhaits et votre crédit ont abouti
à me rendre fou. Au nom de Dieu, laissez-
moi et ne me chagrinez pas davantage par
votre air et vos paroles.

LE CALIFE.

Ah! mon frère Abou-Hassan (*il l'embrasse*), je ne prétends pas me séparer de vous
de cette manière, puisque ma bonne fortune a voulu que je vous revisse une seconde
fois, vous me donnerez encore à souper.

ABOU-HASSAN.

Délogez vous dis-je. Vous m'avez causé
assez de mal, je ne veux pas m'y exposer
davantage.

LE CALIFE.

Eh quoi! l'Imaǹ n'a-t-il pas été puni, votre mère n'a-t-elle pas reçu de la part du
Calife mille pièces d'or?

ABOU-HASSAN.

Serait-ce vous qui auriez euassez de

crédit... ; alors mon sommeil a fait le reste.
Mais quel rêve! Ce palais, ces émirs, ces
officiers, ces femmes ; et mon grand visir
Giafar qui me parlait à genoux, et Mesrour
le chef de mes esclaves ; j'ai vu tout cela.

PIROUZÉ (au Calife).

De grâce, Seigneur, cessez cet entretien, ou
mon pauvre fils va encore perdre sa raison.

(Le Calife rit aux éclats.)

ABOU-HASSAN.

Vous moquez-vous de nous, seigneur
Marchand ; cependant rien n'est moins
drôle que la fin de tout cela ; et mon pauvre
corps déchiré, meurtri, sous les coups de
nerf de bœuf, vous ferait voir que la chose
est moins plaisante par ses suites que vous
ne le pensez.

LE CALIFE.

C'est une indignité dont nous tirerons
vengeance.

ABOU-HASSAN.

Je ne veux plus qu'il en soit question.
Pour ce soir, cependant, je consens encore

à vous donner à souper et à coucher ; mais,
pour l'amour de notre saint prophète, si
vous êtes un magicien, ne trompez pas ma
bonne foi, ne m'envoyez plus de rêves.

LE CALIFE.

Prenez confiance en moi, je ne veux que
votre bonheur, et je vous le prouverai.

ABOU-HASSAN.

Je ne vous demande rien. Tout le mal qui
m'est arrivé, est dû à l'oubli que vous avez
fait de fermer la porte ; promettez-moi
d'agir avec plus de prudence, demain ma-
-tin.

LE CALIFE.

Je n'y manquerai pas. A propos, depuis
notre dernier souper, avez-vous pensé à
vous marier ?

ABOU-HASSAN.

Mon tems s'est passé entre un rêve et la
maison de fous ; mais, à vrai dire, je regrette encore la princesse Nouzahtoul-
Aouadat, que je vis dans cette triste nuit,
où je me croyais sultan, et si je pouvais

trouver , non pas sur le trône , mais dans
ma condition , une aussi aimable personne ,
qui sût conter des histoires , jouer des instrumens, chanter et m'entretenir aussi
agréablement , qui 'ne s'étudiât qu'à 'me
plaire et à me divertir , comme le faisait
dans mon rêve cette charmante personne ,
je changerais bientôt mon indifférence contre un parfait attachement à une telle
femme; mais où la trouver? Il en existe
peut-être de semblables dans le palais du
commandeur des croyans, chez le grand
visir Giafar, ou chez d'autres grands seigneurs, qui les ont achetées à prix d'or; mais
je n'ai rien à offrir dans ma pauvre maison
qui soit digne d'une personne aussi dis-
tinguée , je vivrai seul jusqu'à la fin de mes
jours. Encore une fois , mon hôte, quittons
ce sujet , et venez partager mon souper.

(Ils sortent.)

La toile se baisse.

ACTE QUATRIÈME.

Le palais du Sultan. Abou-Hassan est endormi sur le trône, entouré comme la première fois. Nouzahtoul - Aouadat est parmi les femmes du palais, sous les vêtemens de la princesse Zobéide. On entrevoit encore cette princesse et le Calife derrière la jalousie, qui se referme au moment où Abou-Hassan s'éveille.

SCÈNE PREMIÈRE.

MESROUR, ABOU-HASSAN, NOUZAH-TOUL-AOUADAT.

MESROUR (près d'Abou-Hassan).

Commandeur des croyans, l'heure de la prière est passée ainsi que celle du conseil, quelle cause vous fait donc dormir aussi tard? Vos fidèles serviteurs s'alarment de ce long sommeil.

ABOU-HASSAN (s'éveillant).

Hélas! me voilà retombé dans le même songe, je retournerai certainement à l'hôpital des fous, si je cède à cette illusion.

C'est ce malhonnête homme que je reçus
chez moi hier au soir, qui est la cause de
ce qui m'arrive. Le traître! Le perfide! Il
m'avait si bien promis de fermer la porte,
voilà que le diable sera encore entré, et
qu'il bouleverse ma cervelle par ce maudit
rêve qui me fascine les yeux. Que Dieu te
confonde, Satan, puisses-tu être accablé
sous une montagne de pierres. Quand je
devrais attendre jusqu'à midi, je ne bou-
gerai pas d'ici, avant que le démon ait
cessé de me tenter.

NOUZAHTOUL-AOUADAT (à part).

Allons, ce sera moi qui le déciderai à
remplir son rôle aujourd'hui.

(Elle monte les marches du trône.)

Commandeur des croyans, je supplie
votre Majesté de me pardonner, si je prends
la liberté de l'avertir de ne pas se rendormir; mais l'inquiétude m'a fait sortir du
harem, pour venir ici savoir de ses nouvelles, lorsque j'ai appris qu'elle dormait
si long-tems.

ABOU-HASSAN (brusquement).

Retire-toi, Satan. (S'adoucissant) Est-ce

moi que vous appelez commandeur des
croyans, ma belle dame?

NOUZAHTOUL-AOUADAT.

C'est à votre majesté que je parle, et à
qui je donne le titre qui lui appartient,
comme au souverain de tous les musulmans du monde ; moi, sa très-humble
épouse, qui serait au désespoir d'avoir encouru sa disgrâce ; mais votre majesté va
dissiper nos craintes et chasser les nuages
qui troublent son imagination, elle verra
qu'elle est dans son palais, environnée de
ses officiers et de ses esclaves, prêts à lui
rendre leurs services ordinaires.

ABOU-HASSAN.

Que vous êtes fâcheuse et importune,
Nouzahtoul-Aouadat; vous seule pouviez
me faire oublier la résolution de résister à
cet enchantement; vous serez cause de ma
perte; mais quoiqu'il puisse arriver, je ne
sais pas résister à la douceur de vos invitations, me voilà donc encore sur le trône.
Je n'en userai pas aujourd'hui avec la même
modération que la première fois, et puis-

que je règne, je veux en profiter pour
le reste de mes jours. Approchez-vous,
Giafar.

(Le Grand-Visir vient au pied du trône.)

Allez-vous en, tout de suite, porter deux
mille pièces d'or, chez la bonne femme où
je vous ai déjà envoyé, et afin qu'elle ne
m'accuse plus de rêver, ramenez-la ici
avec vous, après lui avoir laissé le tems
de serrer son argent, et de faire une toilette convenable. Dites-lui de s'assurer si
son fils Abou-Hassan dort dans sa chambre,
et s'il n'y est pas, comme j'ai tout lieu de le
supposer, faites bien attention à laisser la
clé à la porte de la maison en la quittant,
parce que je compte envoyer une autre
personne pour la garder.

(Le Grand-Visir s'incline et se retire.)

A présent, puisque je ne puis plus échapper à mon rêve, je veux encore en tirer un
autre parti. Approchez, Mesrour, prenez
ma royale épouse, la charmante Nouzahtoul-Aouadat, et les esclaves qu'il lui plaira
de choisir pour son service, emportez les

meubles les plus riches, les vaisselles les
plus précieuses, et tout ce qu'il faut pour
habiller somptueusement un homme et sa
femme, placés très-haut dans mon estime,
puisez dans le trésor une dot de cent mille
pièces d'or, et que tout cela soit conduit
dans la maison d'Abou-Hassan le débauché,
où je viens d'envoyer le visir.

NOUZAHTOUL-AOUADAT.

Qu'est-ce cela, mon cher seigneur, pré-
tendez-vous m'exiler de votre palais, me
priver du titre de votre épouse ?

ABOU-HASSAN.

Au contraire; ma belle, je songe au lendemain, et vous en verrez des preuves. Il
me souvient de ma dernière journée ici;
mes ordres au-dehors ont été exécutés ,
ma royauté s'est évanouie, vous serez demain la femme d'un fort honnête homme,
très-riche, et qui vous rendra la vie heureuse.

NOUZAHTOUL-AOUADAT.

Seigneur, ne me faites pas quitter ce
palais, je vous en conjure avec larmes.

ABOU-HASSAN.

Où est donc votre obéissance, ma belle,
et voilà comme vous me trompiez; mais je
ne vous écoute pas, mon parti étant pris,
vous irez dans la maison d'Abou-Hassan;
seulement, je vous permets d'attendre l'arrivée de la bonne femme que j'ai fait demander, afin que vous puissiez vous en
retourner avec elle, et que je vous recommande à ses soins.

SCÈNE DEUXIÈME.

Les Précédens, PIROUZÉ, CIAFAR.

PIROUZÉ (à part).

Conduite ainsi devant le commandeur
des croyans, j'en mourrai de peur!

ABOU-HASSAN.

Approchez, ma bonne femme, et ne craignez pas de lever les yeux vers moi : dites-
moi plutôt vous-même si vous me recon-
naissez?

PIROUZÉ.

Saint-prophète! Je ne me trompe pas;

vous êtes mon fils Abou-Hassan que je
cherche depuis ce matin.

ABOU-HASSAN (à sa Cour.)

Ne vous disais-je pas à tous que je n'étais
pas le commandeur des croyans ; cependant, je ne dors pas, il y a quelque malé-
fice là-dessous.

(Abou-Hassan descend du trône.)

PIROUZÉ.

Mon fils, le marchand de Moussoul a
encore laissé la porte ouverte.

ABOU-HASSAN.

Si quelqu'un pouvait me le retrouver.

(Le Calife ouvre sa jalousie ; Abou-Hassan l'aperçoit.)

Le voilà !

LE CALIFE.

Abou-Hassan, Abou-Hassan, tu as donc
juré me faire mourir de rire !

ABOU-HASSAN.

Ah ! Ah ! Je comprends tout maintenant.
Quoi ! vous vous plaignez que je vous fais
mourir, vous qui êtes cause que j'ai battu
ma mère, et que le gardien de l'hôpital me

l'a cruellement rendu ; maintenant , j'en
prends à mon aise ici, puisque vous m'y
avez placé , vous avez probablement assez
de crédit pour me faire pardonner mes
sottises.

NOUZAHTOUL-AOUADAT (tout bas à Abou-Hassan.)

Prenez garde, mon cher seigneur, c'est
au Calife lui-même que vous parlez.

ABOU-HASSAN.

Croyez-vous que je ne m'en doute pas ?

(Au Calife , revenu dans la salle.)

Eh bien ! maintenant , Seigneur marchand, vous m'avez mis dans un bel embarras, si le calife trouve mauvais que je
lui enlève des richesses et une de ses esclaves, que lui répondrez-vous ?

LE CALIFE.

On n'a rien offert à Abou-Hassan dont il
ne puisse s'emparer ; seulement , au lieu de
lui permettre d'emmener chez lui la favorite
de Zobéïde , l'épouse du calife, il est convenu qu'Abou-Hassan et Nouzahtoul-Aouadat, ne quitteront pas ce palais, où leur
logement est déjà préparé.

ABOU-HASSAN (se prosternant devant le Calife).

Que Dieu accorde une longue vie au véritable commandeur des croyans , qu'il
confonde ses ennemis, et le comble de toutes
les prospérités terrestres et célestes.

LE CALIFE.

Je te dois des consolations pour tes souffrances , de la reconnaissance pour ton
hospitalité; tu trouveras dans mon inépuisable protection, l'accomplissement de tous
tes souhaits.

PIROUZÉ (à Nouzahtoul-Aouadat).

Comment tout cela s'est-il fait ?

NOUZAHTOUL-AOUADAT.

Nous vous le conterons , ma bonne mère ,
mais je suis chargée de présenter mon nou-
vel époux à la princesse Zobéide, ma maîtresse; le Calife me fait signe de le suivre ,
je vous quitte pour revenir bientôt.

La toile se baisse.

UNE MÉPRISE.

15

NOMS DES PERSONNAGES.

M. SAMSON.

M. le Comte DE MORLAND.

M. SYLVESTRE, Maître de danse.

M. MILLET, Prévôt de M. Sylvestre.

Madame DE BRENNEMUR.

PAULINE, sa Fille.

Madame SAMSON.

ANASTASIE, sa Fille.

SCÈNE PREMIÈRE.

Le salon d'une très belle maison de campagne ;
les fenêtres donnent sur un parc.

ANASTASIE, PAULINE.

ANASTASIE.

Vous êtes bien contente de nous quitter,
Pauline.

PAULINE.

Il faut bien que je retourne dans ma famille, ma mère revient ce soir de Paris
pour m'emmener. Je ne la laisserai pas partir seule.

ANASTASIE.

Nous ne voyons pas une assez belle société pour mademoiselle de Brennemur.

PAULINE.

Ai-je rien dit ou fait qui puisse m'attirer
ce reproche de ta part ?

ANASTASIE.

Conviens avec moi que tu ne serais pas
mon amie si nous n'étions pas voisines de

campagne et si je n'avais pas été en pension
avec toi.

PAULINE.

Je ne sais que répondre à cela, moi, je
ne choisis pas mes relations moi-même ordinairement, je n'ai que celles que ma mère me donne.

ANASTASIE.

L'année dernière tu ne m'as pas engagée
à une seule soirée chez toi à Paris. Tu as eu
peur qu'on entendît annoncer mademoiselle Samson dans ton salon.

PAULINE.

Ma mère n'a plus assez de fortune pour
récevoir du monde, Anastasie; tu sais bien
que nous ne voyons personne.

ANASTASIE.

Nous donnerons plusieurs bals à Paris,
j'en aurai un avant que nous quittions Auteuil. A propos, ta mère n'a pas oublié de
m'envoyer le maître de danse?

PAULINE.

Non, elle m'a écrit que M. Sylvestre vien-

drait parler à madame Samson cette se-
maine.

ANASTASIE.

Ce n'est pas à maman qu'il doit parler,
c'est à moi; je n'ai pas dit que j'allais prendre des leçons; mes parens me laissent
toute liberté sur ces choses-là. Connais-tu
M. Sylvestre?

PAULINE.

Je ne l'ai jamais rencontré; mais j'ai vu de
ses élèves qui dansent très-bien.

SCÈNE DEUXIÈME.

Les Précédens, Madame SAMSON.

MADAME SAMSON (d'un air empressé).

Bonjour, mademoiselle de Brennemur.
Anastasie, j'ai à te parler en particulier, mon
enfant.

PAULINE.

Je m'en vais aller m'habiller pour le déjeuner.

MADAME SAMSON.

Ce n'est pas pour vous chasser ce que j'ai
dit, mademoiselle Pauline; faites-moi le

plaisir de vous mettre bien simplement,
nous n'attendons personne aujourd'hui.

(Pauline s'en va.)

Aie soin de te parer de ton mieux, mon
enfant, il nous vient une visite superbe. Un
monsieur qui cachera son nom, je t'en
préviens. Son idée est d'acheter cette propriété, et pour ne pas la payer trop cher, il
ne veut pas s'avouer pour l'héritier de l'ancien propriétaire.

ANASTASIE.

Quoi ! le comte de Morland !

MADAME SAMSON.

Lui-même. Mais silence ! et ne néglige
rien pour paraître jolie et bien élevée.

ANASTASIE.

Nous aurons beau faire, maman, le comte
accordera toute son attention à Pauline et
il ne regardera seulement pas mademoiselle
Samson.

MADAME SAMSON.

Laisse donc, Anastasie, tu as 300,000 fr.

de dot, mademoiselle de Brennemur n'a rien; tu pourras bien devenir comtesse plutôt qu'elle avec toute sa noblesse. M. de Morland désire racheter cette terre qui a été autrefois dans sa famille. Nous la lui donnons avec ta main, l'offre n'est pas à dédaigner. N'oublie pas que le comte doit venir sous un nom supposé et que, pour parvenir à nos fins, nous ne devons pas lui laisser soupçonner que nous savons qui il est. Je le devinerai bien, moi, et je lui ferai entendre tout ce que je voudrai. D'ailleurs le premier inconnu qui se présentera sera le comte.

ANASTASIE.

Comment avez-vous été avertie de cela?

MADAME SAMSON.

C'est ce pauvre M. Martineau ton prétentendu, qui a eu la bonhomie de m'instruire du complot; il était chez le notaire et en marché avec lui pour sa charge probablement, lorsque M. de Morland a parlé de son projet.

ANASTASIE.

Il ne s'est pas douté de ce qu'il faisait, le

pauvre jeune homme; cependant c'est à cause de lui et pour augmenter ma dot que vous vouliez vendre cette terre.

MADAME SAMSON.

Si tu épouses le comte, nous gardons le château, cela vaut bien mieux.

(Elles sortent).

SCÈNE TROISIÈME.

M. SYLVESTRE, M. MILLET, son prévôt.

M. SYLVESTRE.

La maison a une fort belle apparence, c'est un vrai château. Avez-vous fait dire qu'on demandait à parler à madame Samson, M. Millet.

M. MILLET.

Le domestique a répondu qu'il allait la prévenir.

M. SYLVESTRE.

Vous ne m'avez pas nommé.

M. MILLET.

Non, M. Sylvestre, j'ai dit tout simplement que nous désirions parler à la propriétaire.

M. SYLVESTRE.

Il fallait dire à madame Samson. Vous ne saurez jamais vivre, M. Millet. A propos, et mon costume de dauphin sera-t-il prêt pour le ballet.

M. MILLET.

Je suis passé chez le décorateur, il n'y avait plus que le vernis à mettre. Les écailles ont des reflets magnifiques.

M. SYLVESTRE (regardant le salon).

On donnerait de jolies fêtes ici.

SCÈNE QUATRIÈME.

**Madame SAMSON, M. SYLVESTRE,
M. MILLET.**

MADAME SAMSON qui est arrivée tout doucement, et entendu cette dernière phrase, dit à part :

De jolies fêtes ici ! Ah ! c'est mon acquéreur.

(Elle s'avance vers M. Sylvestre.)

Monsieur, j'ai bien l'honneur de vous saluer. C'est sans doute vous, Monsieur, qui

15*

venez visiter cette propriété pour l'acheter.
Avant d'entrer en pour-parler, Monsieur,
je serai charmée de vous offrir notre déjeuner de famille. Le château est joli comme vous avez pu voir. C'est une partie de la
dot de ma fille.

M. SYLVESTRE.

Madame va marier mademoiselle sa fille,
et c'est pour cela...

MADAME SAMSON (vivement).

Je n'ai pas besoin de vendre mon château
pour doter Anastasie. Mon notaire a entre
les mains 300,000 fr. comptant destinés à
ma fille.

M. SYLVESTRE.

Alors, Madame, vous devez avoir des prétentions très-élevées pour le parti que vous
choisirez.

MADAME SAMSON.

Non, Monsieur, et je vais vous faire un
aveu qui vous surprendra. Je voudrais, au
contraire, qu'un heureux hasard me per-
mît de choisir un gendre sans connaître son
nom ni sa qualité ; sa fortune même m'in-

quiéterait peu : Anastasie sera si riche un jour !

M. SYLVESTRE.

On voit de ces choses-là tous les jours, à l'Opéra; et ces mariages sont fort heureux. (*A part.*) Heim! si j'osais me mettre sur les rangs ; ne nous pressons pas de nous nommer.

MADAME SAMSON.

Tout mon désir serait de garder ma fille auprès de moi.

M. SYLVESTRE.

D'après ce que je vois, Madame, il faudrait qu'un gendre fût bien difficile pour ne pas être heureux ici.

MADAME SAMSON.

Ah ! quelquefois les différences de positions séparent les familles.

M. SYLVESTRE.

Le mariage égalise tout, répare tout, Madame.

MADAME SAMSON.

C'est vrai. Mais, en vérité, Monsieur,

j'oublie que vous devez être pressé de parcourir le parc et les dépendances. Je vais aller prévenir M. Samson de votre arrivée. (*A M. Millet.*) Monsieur est avec vous ?

M. SYLVESTRE.

Ne faites pas attention, Monsieur est mon homme d'affaires.

MADAME SAMSON (à part).

Plus de doute, c'est le comte.

(Elle sort.)

SCÈNE CINQUIÈME.

M. SYLVESTRE, M. MILLET.

M. SYLVESTRE (avec précipitation).

Allez vous-en au plus vite à Paris trouver le directeur de l'Opéra. Vous le préviendrez, M. Millet, que je ne peux pas jouer le Dauphin, ce soir, dans la Tempête. Dites que j'ai une jambe cassée. Arrangez tel conte que vous voudrez, il est clair que cette dame veut de moi pour gendre : je ne me ferai pas prier. D'ailleurs, depuis

les dernières injustices qui m'ont été faites
à l'Opéra, je serai bien aise de me retirer
avec quelqu'éclat... Trois cent mille francs
de dot! ce château! une belle-mère, femme
d'un grand sens!

M. MILLET.

Les premiers sujets de l'Opéra vont envier votre sort.

M. SYLVESTRE.

Il faudra renoncer à mon art. Madame
Samson ne voudrait pas que je me mon-
trasse en public.

(A M. Millet qui reste à l'écouter.)

Parlez donc, M. Millet, je vous en prie.

M. MILLET.

Mais, Monsieur, qu'est-ce que je devien-
drai, moi, si vous épousez cette demoiselle?

M. SYLVESTRE.

Je te cède ma place à l'Opéra, mes élèves. Ta fortune est assurée, mon cher
Millet: demande à faire le Dauphin, ce soir.

M. MILLET.

Je n'ai pas étudié ce rôle.

M. SYLVESTRE.

Il ne s'agit que de faire des culbutes... Allons, pars au plus vite.

M. SYLVESTRE (seul).

C'est le bonheur le plus inattendu. Maintenant je voudrais voir la jeune personne.

SCÈNE SIXIÈME.

M. SYLVESTRE, Madame SAMSON, ANAS-TASIE, en grande toilette.

MADAME SAMSON.

Il m'a été impossible de trouver M. Samson ; mais si vous voulez vous promener avec nous en attendant le déjeuner, il est probable que nous rencontrerons mon mari dans le parc.

M. SYLVESTRE.

Je suis à vos ordres, Madame. C'est là mademoiselle votre fille ?

MADAME SAMSON.

Oui, Monsieur.

M. SYLVESTRE.

Mademoiselle a été élevée à Paris.

ANASTASIE.

Oui, Monsieur, chez madame Rimbert.

M. SYLVESTRE.

C'est M. Beaupré qui est professeur de danse dans cette maison. Il commence à vieillir le pauvre homme.

ANASTASIE.

Nous avions M. Allerme dans ma pension.

MADAME SAMSON.

A quoi donc t'amuse-tu, Anastasie, tu empêches Monsieur de se promener.

M. SYLVESTRE.

C'est moi qui faisais causer mademoiselle. La décoration est fort jolie ici. Les entrées sont bien ménagées, la perspective fuit bien, on donnerait de jolies petites représentations.

MADAME SAMSON.

Si monsieur aime les bals, il n'a qu'à

passer quelques jours dans notre famille.
C'est samedi la fête d'Anastasie, nous aurons toute la société d'Auteuil, et même
beaucoup de monde de Paris.

M. SYLVESTRE.

Les bals ? oh, j'en donnerais beaucoup
si j'avais un château à moi.

MADAME SAMSON.

On voit que si vous étiez marié, vous
ne seriez point ennemi des plaisirs d'une
jeune femme.

M. SYLVESTRE (très sérieusement).

Qu'est le monde sans la danse, s'il vous
plaît? A quoi reconnaît-on les gens bien
élevés, hommes et femmes, si ce n'est à
leur danse, à leur salut, à la manière dont
ils marchent.... Je mets en fait qu'il n'y a
pas de popularité possible pour les princes
eux-mêmes s'ils ne savent pas danser.

MADAME SAMSON.

Vous voulez plaisanter Monsieur; mais,
quoi qu'il en soit, Anastasie a remporté le
premier prix de danse dans sa pension, et

elle a peu de rivales, sous ce rapport, dans le monde.

ANASTASIE.

Je veux cependant prendre encore quelques leçons de M. Sylvestre pour me perfectionner.

M. SYLVESTRE.

Vous êtes trop bonne, mademoiselle. Je savais votre projet.

ANASTASIE.

Qui pouvait vous avoir prévenu !

M. SILVESTRE (à part).

J'allais tout gâter....

(Haut.)

Des personnes de votre connaissance que j'ai vues à Paris.

ANASTASIE.

Madame de Brennemur, peut-être.

M. SYLVESTRE.

Justement ! vous savez donc.

MADAME SAMSON (vivement).

Rien, rien de plus, Monsieur ! rien de plus... Est-ce que vous-même vous connaissez ces dames ?

M. SYLVESTRE (à part).

On ne veut pas que je me nomme, cela prouve encore mieux les intentions que l'on a sur moi.

(Haut.)

J'ai rencontré madame de Brennemur dans une maison où j'étais.

MADAME SAMSON.

Nous avons ici sa fille, l'amie intime d'Anastasie ; une jeune personne charmante, mais sans dot.

M. SYLVESTRE (avec aplomb).

Elle ne se mariera pas.

MADAME SAMSON.

Voici mon mari au bout de l'allée, venez le rejoindre, Monsieur, je vous en prie.

(Ils sortent.)

SCÈNE SEPTIÈME.

PAULINE seule.

(Elle est simplement habillée ; mais avec goût.)

Je pense que je serais de trop dans cette promenade. Le visiteur pour lequel on fait tant de frais, doit être un prétendu. Pourvu

que l'orgueil ne les porte pas à faire un
mauvais choix. Cette Anastasie a une si
grande envie d'être titrée, qu'elle épouserait le premier aventurier venu pour porter un nom qui fît de l'effet.

(Elle va vers la fenêtre.)

Quel est cet homme ! il a l'air du monde
le plus ridicule ; on dirait qu'il joue la comédie, ou qu'il danse : madame Samson
doit mieux savoir que moi qui elle admet
chez elle. Oh ! j'y pense, c'est sans doute le
maître de danse, mais à quoi bon lui faire
les honneurs du parc.....

SCÈNE HUITIÈME.

M. DE MORLAND, PAULINE.

M. DE MORLAND.

C'est sans doute mademoisselle de Brennemur que j'ai l'honneur de saluer.

PAULINE.

Vous demandez madame Samson, Monsieur ?

M. DE MORLAND.

C'est avoir du bonheur de vous rencontrer la première, mademoiselle. Je suis le comte de Morland. J'ai vu madame votre mère ce matin, et je la précède ici de peu d'instans : on m'a dit que ce château était en vente, je viens chercher à l'acheter ; mais, comme on le tiendrait pour moi à un prix trop élevé, parce qu'on sait que j'en ai envie ; je ne me nommerai qu'après avoir conclu le marché, vous ne me trahirez pas.

PAULINE.

Vous n'auriez pas dû vous confier à moi, M. le Comte, madame Samson est de nos amies, et je manque à mes devoirs envers elle en lui gardant un secret qui la touche.

LE COMTE.

Madame votre mère m'a autorisé à me nommer auprès de vous seule.

PAULINE.

Alors je n'ai rien à dire. Voici M. Samson qui vient vers nous.

SCÈNE NEUVIÈME.

LES PRÉCÉDENS , M. SAMSON en robe de hambre et en perruque blanche.

M. SAMSON.

Êtes-vous là , mademoiselle Pauline ?

PAULINE.

Me voici, Monsieur !

(Montrant le Comte.)

Monsieur est un ami de ma mère qui vient m'annoncer qu'elle arrive bientôt.

M. SAMSON.

Ah ! tant mieux, car ma femme et ma fille sont là avec un certain comte de Morland déguisé , et voilà que le mariage d'Anastasie est presque conclu. Un comte, cela tourne la tête de ces dames, et vous qui vous y connaissez en gens distingués, mademoiselle Pauline, vous allez me dire votre avis sur ce monsieur qui me paraît bien étrange. Il ne parle que d'acteurs, nomme tous les premiers artistes avec une

familiarité étonnante ; on dirait que ce sont
ses camarades ou ses très-humbles valets...
Il a de l'aplomb, un air satisfait de lui-
même qui m'impose ; mais avec cela j'ai
encore peur de me tromper en donnant
sur-le-champ ma fille et ma maison.

PAULINE.

Le comte de Morland n'a aucune des manières que vous prêtez à ce monsieur, il
faudrait craindre qu'un intrigant eût pris
un nom honorable pour vous tromper.

M. SAMSON.

Il ne s'est pas nommé lui-même ; mais
nous étions prévenus que le comte devait
venir incognito et ma femme a tout de suite
arrangé des projets qu'elle mène un peu
vite à mon avis.

LE COMTE.

Je sais de bonne part, moi, que M. de
Morland va se marier à la fille d'un ancien
ami de son père ; ainsi il n'est pas possible
qu'il s'engage à épouser mademoiselle votre
fille.

M. SAMSON.

La fille de l'ancien ami du père paraît avoir tort devant la dot de ma fille.

LE COMTE.

Cela n'est pas possible.

M. SAMSON.

Vous allez le voir.

SCÈNE DIXIÈME.

LES PRÉCÉDENS, Madame SAMSON, ANAS-TASIE, M. SYLVESTRE.

MADAME SAMSON.

A présent que nous sommes d'accord, Monsieur, vous me permettrez bien de vous demander pardon d'avoir fait semblant de ne pas vous connaître.

M. SYLVESTRE.

Quoi! Madame, vous saviez!

MADAME SAMSON.

Un homme de votre sorte garde difficile-ment l'incognito.

M. SYLVESTRE.

Et, malgré tout, vous consentez à me donner votre fille. C'est trop de bonté.

MADAME SAMSON.

L'honneur est tout pour nous, Monsieur.

SCÈNE ONZIÈME.

LES PRÉCÉDENS, M. MILLET tout essoufflé.

M. MILLET.

Impossible, Monsieur, impossible ! Il faut
que vous veniez à Paris, la représentation
manque si vous n'y êtes pas. Le directeur
de l'Opéra est au désespoir de votre résolution.

MADAME SAMSON.

Qu'est-ce, Monsieur ? Voyez quel homme
vous êtes. Une représentation manquée,
un grand Opéra, si vous n'y paraissez.

M. SYLVESTRE.

Je renonce à tout pour votre fille, Madame, plus d'Opéra, plus de danse; d'ailleurs
on se croirait ici dans les jardins d'Armide.

PAULINE (à M. de Morland).

Que pensez-vous de cet homme ?

LE COMTE.

Il y a là-dessous une méprise dont nous allons avoir le secret. Voici madame votre mère.

SCÈNE DOUZIÈME.

Les Précédens , Madame DE BRENNEMUR, PAULINE vient auprès de sa mère.

MADAME DE BRENNEMUR.

Bonjour, mes bons voisins. Je vous ai laissé bien long-tems Pauline. J'ai eu plus d'affaires que je ne croyais à Paris, et je dois vous présenter un ami,

(Elle désigne le comte de Morland.)

qui veut devenir mon fils, si toutefois il n'a pas changé d'avis depuis qu'il a vu ma fille.

LE COMTE.

Je m'applaudis d'avoir demandé la main de mademoiselle Pauline sur sa seule réputation.

16

ANASTASIE (à Pauline à part).

Et moi aussi, ma chère, je me marie. Ton prétendu est-il titré?

PAULINE.

Oui.

ANASTASIE.

Le mien est comte.

MADAME SAMSON.

Madame de Brennemur veut-elle me permettre de répondre à sa confiance en lui présentant mon gendre,

(Elle désigne M. Sylvestre.)

le comte de Morland?

MADAME DE BRENNEMUR (au Comte).

M. le Comte, serait-il possible!

M. SYLVESTRE.

Quoi Madame! ce n'est pas moi!

LE COMTE (à madame Samson).

Est-ce moi, Madame, que vous considérez comme votre gendre?

MADAME SAMSON.

Vous êtes le comte de Morland?

(A M. Sylvestre.)

Alors qui ai-je donc accueilli sous ce nom?

MADAME DE BRENNEMUR (regardant M. Sylvestre).

Je ne me trompe pas, c'est là M. Sylvestre, le professeur de danse.

ANASTASIE.

Oh ciel! quelle indigne fourberie.

M. SYLVESTRE.

Madame, je vous proteste que je n'étais venu ici que pour donner des leçons de danse. C'est votre accueil qui a changé mes vues.

MADAME SAMSON.

Taisez-vous, Monsieur.

M. MILLET.

Venez au plus vite à Paris si vous ne voulez pas perdre votre place à l'Opéra.

M. SYLVESTRE.

Faites vos réflexions, Madame, et comptez sur ma bonne volonté pour le parti que vous prendrez.

(Il s'en va avec M. Millet.)

MADAME DE BRENNEMUR.

Anastasie n'a certainement pas renoncé à épouser M. Martineau, au moment où il vient d'acheter une charge de notaire à Paris?

MADAME SAMSON.

M. Martineau est notaire! Je n'attendais que cela pour lui donner la main d'Anastasie, 300,000 fr. de dot et cette terre.

M. DE MORLAND.

J'avais le désir de l'acheter, mais j'y renonce.

MADAME SAMSON.

Au contraire, Monsieur, il faut la reprendre, elle a appartenu à votre père. Nous vous la céderons à prix coûtant. Pourvu que vous restiez de nos amis et que personne ne sache ce qui vient de se passer.

M. DE MORLAND.

Cette condition est indépendante du marché, et je m'engage, pour ma part, à n'en pas dire un mot.

M. SAMSON.

Ce pauvre Martineau, il l'a échappée belle. Mais il était destiné à ma fille depuis leur enfance à tous deux. Il fallait bien que ce mariage s'accomplît en dépit de tout.

La toile se baisse.

FIN.

www.ingramcontent.com/pod-product-compliance
Lightning Source LLC
Chambersburg PA
CBHW050317030726
47505CB00003B/750